sangre, sudor y jícamas
HISTORIAS URBANAS

Raúl Godínez

**Colección
Letras Abiertas**

sangre, sudor y jícamas

HISTORIAS URBANAS

Raúl Godínez

Colección
Letras Abiertas

Sangre, sudor y jícamas
©2008, Raúl Godínez

De esta edición:
©D.R., 2008, Ediciones Felou, S.A. de C.V.
Juan Escutia 45-6, Col. Condesa
06140, México, D.F.
sabermas@felou.com
www.felou.com

Diseño de cubierta y formación: Jorge Romero
Fotografía de portada: Colección JAPG

ISBN13: 978-970-49-0018-2

Impreso en México

Para Verónica, Sebastián y Nicolás,
que con risa esplendorosa
hacen temblar el mundo.

Para Carlos, Julio y Jovis,
los tres mosqueteros
de este innoble D´artagnan.

Para Sarita y el Sr. Quiroz,
plenos e inmaculados,
llenos de luz.

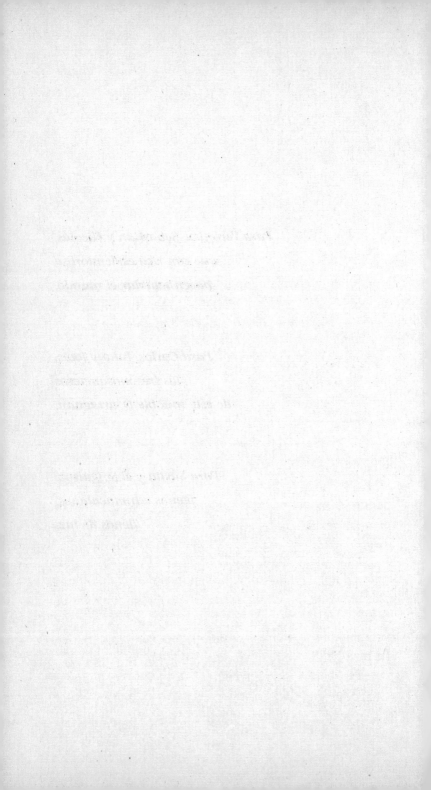

ÍNDICE

I
SANGRE

CISCO

Para Isaías Blanco

I

—No puedo creerlo.

—Pus créelo.

—Pero lo dejaste vivo, dejaste que se fuera.

—No sé qué pasó. Como que me dio lástima el chavalillo.

—Te dio miedo, compa. Reconócelo.

—No, compadre. No fue miedo. Tú sabes que lo único que no le perdonaría a Dios es que me mataran sin tener oportunidad de defenderme.

—Pues ya puedes empezar a no respetar a Dios, porque don Chente te matará a la primera oportunidad que tenga. Te hará lo mismo que a la comadre.

—No sé. Como que al final, después de todo lo que ha pasado, matarlo ya era poco.

—Poco te van a dejar, compa.

—No, compadre. Nadie puede odiar a don Chente más que yo. Tú lo sabes. Desde que pasó lo de Amelia, pus no hemos parado. Lo hemos perseguido como a un perro, lo hemos acorralado, lo hemos cazado y al final, quién sabe, a lo mejor fue lo mejor.

—Lo mejor era matarlo, a él y al chavalillo.

—Quién sabe, compadre. Él me mató a la Amelia y yo le maté al hijo, y ya ves lo del sobrino. Como que sentí que ya era mucho querer también echarme al escuincle. Lo que debía ya lo pagó. Tal vez dejarlo vivo es una última venganza.

—No, compa. Todos los pesos que te dio no van a alcanzar para el sepulcro. Hasta parece que no conoces a don Chente. Ese viejo te va a estar venadeando hasta que te agarre solo y te meta dos plomazos, para quitarte el oro.

—Se me hace que con lo de su hijo, ya aprendió. Ya hubo mucha sangre en esta historia.

—Y más que va a haber, compa. Porque para mí, que ya no alcanzaste a perdonar a Dios. Te va a seguir como nosotros lo seguimos, te va a buscar hasta por debajo de las piedras y te va a coser con metralla. Y la verdad, te lo mereces por pendejo. Porque lo que le hizo a la Amelia no lo paga ni volviendo a nacer.

Tarsisio bajó de la roca y fue a buscar más leños para la hoguera, mientras dejaba a Edgardo callado pensando en Amelia. Odiándolo en silencio por iluso. Por perdonar al viejo.

Edgardo miró la oscuridad como quien mira el infinito. Estaba cansado. Había pasado años siguiendo al anciano, viajando infatigablemente, y ahora terminaba de usar pala y pico para enterrar el oro con el que el patrón intentara comprar un poco de paz para su alma. Prendió un cigarro. Comenzó a encender la hoguera y recordó, por vez primera, que era 27 de diciembre, fecha en que había jurado a Amelia regresar al jacal con el cuerpo sin vida del viejo. Años habían pasado desde entonces. El hijo del patrón pagó con su vida la vida de Amelia. El sobrino de don Chente se había vuelto tarugo de puritito miedo y por poquito y se descabecha al nieto. Del viejo, mejor ni hablar. Él lo recordaba como el patrón: derecho, fuerte, hecho un roble; para que después de tanta persecución lo viera llorar, arrodillarse, entregarle el oro, con tal de que no me mates al benjamín. Daba lástima de tan viejo, tan fruncido, tan poca cosa. Y era claro que el Tarsisio no entendiera, pero de seguro la Amelia lo habría comprendido. Ella entendía de esas cosas.

Edgardo volvió a encaramarse sobre la roca. Se quedó callado un segundo contemplando la oscuridad repleta de grillos, mientras sacaba de nuevo un cigarro y veía la lumbre de la hoguera tomar fuerza, avivarse y alumbrar a lo lejos un conejo que corría despacio, árboles de sombras prominentes y un brillo como de metal allá a la distancia. Había supuesto que la laguna quedaba mucho más lejos y que después de tanto tiempo estaría más seca que sus ojos y sus pies. Sin embargo, un destello alumbró la oscuridad.

Edgardo escupió el cigarro y se arrojó de costado, buscando su carabina; para cuando cayó al suelo, el estruendo de un rifle, el rostro ensangrentado de Amelia, el rostro aterrado de un niño y la cara sonriente del patrón, tomaron una certeza increíble.

Edgardo todavía se convulsionaba tratando de buscar su arma, tratando de abrazar a Amelia, rogándole a Dios que no se le muriera la mujer de su vida, gritándole al viejo que ora si va a ver lo que se siente matarle al mocoso éste, cuando el anciano levantó lento la escopeta, apuntó a los ojos de Edgardo y descargó la última bala de su cartuchera. Edgardo desde entonces no perdonó a Dios.

II

Era casi fin de año. La Revolución había terminado diez años atrás dejando al país ahogado en la miseria y devastado aún por los mismos vicios de antaño. Los amos seguían siendo los caciques, los patrones, los que juntaban a la peonada y dizque les entregaban tierra para trabajarla, pero a la mera hora los ejidatarios estaban peor que entonces.

Juan Antonio había obtenido permiso del gobierno para controlar las tierras del norte del estado. Seguía fraccionando parcelas, pero manteniendo los títulos de propiedad. Los ejidos eran una burla, las haciendas seguían en pie, y sólo Juan Antonio comprendía la realidad de las cosas: la Revolución había servido para matarse unos a otros, pero no había solucionado lo más mínimo.

Cuando Juan Antonio se detuvo a mitad de la noche, venía de ver a una de las hijas de los peones. El derecho de pernada con la prometida en boda, era un halago a su vanidad. Lo había disfrutado, había gozado plenamente cuando, al salir y dejar a la niña ensangrentada y llorosa, se enfrentara con el prometido escupiéndole a los ojos el odio hacia su raza. La peonada era eso. Carnita del monte.

Desde la roca en que se detuvo a contemplar el valle, Juan Antonio se sentía el dueño del mundo. El amo. El dios de los pendejos, y los pendejos no tenían más que adorarlo.

Mientras contemplaba la noche, vio a lo lejos un brillo diminuto. Adivinó el ruido de un cerillo rasgado, el humo de un cigarro y un hombre sentado en otra roca en la misma posición en la que él se encontraba. Juan Antonio se quedó helado. Sabía que a esa hora todos los del pueblo estaban en la boda de los muchachitos. Así que tomó con cautela su pistola, se acercó lento hasta la otra roca y miró de frente a un hombre calzado con huaraches curtidos, cananas cruzadas y unos mantones grises de mugre, que fumaba despacio contemplando la oscuridad.

Le bastó mirarlo con calma para reconocerlo. Era su compa. Su compadre Edgardo. Aquel que se había muerto de puritito inocente después de haberle perdonado la vida a ñor Chente. Juan Antonio recordó vívidamente la escena: el estruendo de un rifle, cómo arrojó los leños que había encontrado para la hoguera y cómo corrió hacia su compadre hasta encontrarlo vencido, derrumbado al lado de la piedra, volada la cabeza de un tiro a quemarropa y la sangre regada entre las cenizas de la noche.

Miró a Edgardo. Recordó cómo había pasado largo tiempo buscando el lugar exacto en que su compa enterrara el oro, cómo la roca en que muriera parecía escondérsele y desaparecer, cómo había terminado por ignorar todo aquello y dedicarse de plano a la explotación de sus vecinos, de sus parientes, hasta el grado de cambiarse el nombre y ponerse el lujoso de Juan Antonio.

Pero lo sorprendió una idea. Edgardo estaba triste mirando la noche, estaba ahí esperando la muerte, y sólo había venido para indicarle el punto exacto en que reposaba el oro: debajo de la roca, enterrado exactamente debajo de la piedra que en ese momento soportaba el cuerpo sin vida de Edgardo.

Juan Antonio rodeó a su amigo. Espero unos segundos mientras su compadre se inclinaba y encendía el fuego de la hoguera. Con la luz de la leña ardiendo, comprobó que el cuerpo de su amigo estaba sucio, gris, por el polvo de los años; era un triste cuerpo sin vida que llamaba más la atención por lo viejo que por lo inaudito. Cuando Edgardo atizó la leña, removió los troncos y se detuvo un instante mirando hacia el frente, Juan Antonio aprovechó la postura de su compa para intentar levantar la piedra y aunque le costó mucho por el peso, logró reclinarla unos centímetros sólo para comprobar que el cuerpo flotante de su amigo estaba ya sobre ella y miraba un destello que se adivinaba más allá de los árboles. Juan Antonio arreó toda su fuerza, levantó aún más la roca y metió el brazo por debajo; sintió ahí, en las yemas de sus dedos, el contorno tierroso de las monedas de oro y logró apresar una, pero cuando la acercó hasta su rostro, un destello blanquecino cegó por completo sus ojos.

El novio de la joven que acababa de ser afrentada estaba a sus espaldas, apretando la soga que ahorcaba su cuello, que dilataba sus ojos y que cortaba respiración y vida. Don Chente se acercó despacio, apuntó a Edgardo y en el punto intermedio entre uno y otro espectro, Tarsisio vio fijamente a la muerte. A la mañana siguiente apareció crucificado en un enorme maguey que descansaba cerca de una roca inamovible. Nadie preguntaría cómo había sido su muerte.

III

Era Navidad y Pedro estaba incontrolable. La fiesta había derivado en bronca, la bronca en zafarrancho y a punta de pedradas terminaron peleando palomilla contra palomilla. Pedro estaba ya cerca de su casa cuando se detuvo a orinar.

Su traje de pachuco irredento seguía impecable. El sombrero negro estaba casi limpio, los zapatos de dos colores empolvados y enlodados, pero la cadena del reloj que pendía desde la solapa hasta la bolsa del pantalón seguía brillando y tintineando en medio de la noche, lo mismo que el diente de plata, el anillo cuadrado y el pantalón mil veces planchado. Pedro disfrutaba de su mejor día. La palomilla lo había adorado por haberle sacado un ojo a uno de los rivales cuando la batalla a pedradas arreciaba y las mujeres corrían de un lado a otro cubriéndose con las bolsas del mandado y las tapas de los tambos de agua.

Lucía feliz, radiante, mientras orinaba a los pies del álamo. Una roca que había pasado allí toda su vida era desde siempre el inicio de un misterio. Nunca la habían movido, nunca la habían quitado, aunque ya comenzaba a estorbar por haber quedado en una de las orillas del jardín de la casa de la seño Esperanza. Pedro había matado a la vieja hacia muchos años y la pinche piedra le estorbaba desde entonces para saltarse a su casa y organizar fiestas y francachelas mientras sus amigos repartían marihuana y alcohol.

Pedro estaba por saltar de nuevo la barda de la casa de la seño Esperanza cuando vio la luz detrás de la piedra. Pensó en chamacos fumando, pero le pareció que era demasiado intensa para un huato. Así que se acercó un poco y se sorprendió al encontrar a un campesino cargado de cananas, sentado sobre la piedra y contemplando la pared de la esquina. El hombre estaba blanco de polvo, indudablemente triste y callado. Cuando la lumbre de la hoguera prendió en serio, Pedro comprendió por primera vez el mensaje: donde hay luz y fuego, hay oro. Se abalanzó sobre la roca e intentó moverla de un lado a otro. Cuando por fin logró levantarla, cuando la ladeó hacia el álamo y vio semiescondido el oro debajo de la tierra, trató de alcanzar las monedas, de rescatar el tesoro y no pudo sino agarrar un centenario reluciente; pero apenas éste quedó entre sus dedos se convirtió en ceniza blanca y le dejó las yemas blanquizcas de polvo. Pedro sólo alcanzaría a decir una palabra: "¡cisco!", cuando don Chente disparó el arma y el jefe de la palomilla contraria caía sin piedad sobre él. De una sola pedrada, colocada con tino innecesario sobre la sien, Pedro perdió primero el sentido y después la razón. Se le vió desde entonces pasearse por la colonia, espantado por los fantasmas y gritando que había encontrado oro, que Amelia no merecía haber muerto así y que Edgardo se había equivocado al perdonar al pinche viejo ese.

IV

Isaías se estiró por encima del filo de la ventana y miró hacia la roca que estaba en el jardín. Los primeros días de diciembre sólo veía la brasa de un cigarro encendido que bajaba y subía de una boca inexistente hacia un costado de la piedra. Pero después de Navidad ya no sólo veía la lumbrecilla del cigarro prendido, sino que contemplaba cómo una hoguera comenzaba a encenderse y se alumbraba el cuerpo polvoriento de un hombre vestido de gris, con cananas y huaraches muy viejos. Pasada la Navidad, cuando ya sus padres se habían marchado dejándolo solo en casa, Isaías ya había convertido todo su miedo en una fuerte curiosidad. "Donde hay fuego y luz, hay oro", le había oído decir al loco de la colonia; así que tras pensarlo mucho, se armó hasta los dientes y decidió enfrentar de una vez por todas al fantasma ése que siempre estaba triste: tomó la carretilla de juguete, su pala de plástico y una cubetita chaparra. Salió a hacerle frente al espectro cuando éste ya había tomado una consistencia más sólida y parecía en realidad un hombre y no una mera aparición. El calendario señalaba una fecha: 27 de diciembre.

Nada lo acobardó. Con toda la inocencia de sus seis años de edad, se acercó al hombre y trató de hablarle, pero era seguro que no lo escuchaba: miraba hacia la pared vecina y seguía fumando, incansable. Isaías había estudiado las manías del fantasma. Sabía que en un momento dado se levantaría de la roca y atizaría el fuego de la hoguera, que después se quedaría mirando fijamente la pared para luego volverse a sentar en la misma posición. En ese momento en que el espectro se incorporó, Isaías levantó la piedra —que para su sorpresa resultó no pesar absolutamente nada y que fue a caer al álamo que estaba ahí cerca—, clavó la pala, y monedas removidas comenzaron a salir; su brillo relampagueó en la oscuridad.

Don Chente había disparado rasgando la noche con una bala, pero Edgardo se había ladeado veloz al ver el brillo inusitado de las monedas. Se lanzó hacia un costado de la roca y trató de alcanzar su carabina; Isaías siguió sacando monedas. Don Chente siguió disparando hiriendo nuevamente a Edgardo, pero esta vez, esta década, esta ocasión, Edgardo estaba alcanzando su arma y, apuntando hacia el viejo, disparaba él también. Para cuando Isaías logró sacar todos los centenarios de oro, Edgardo y don Chente estaban enfrascados en plena balacera. Edgardo tenía por primera vez la posibilidad de defenderse, estaba tiroteando al viejo y reía de placer porque Dios le había concedido la posibilidad de la defensa. Edgardo siguió riendo complacido mientras caía al suelo y el viejo se acercaba hasta él y descargaba un tiro en plena cara. Poco después el viejo se derrumbó también abatido y los dos quedaron ensangrentados cerca de la hoguera.

V

Tarsisio escuchó el ruido del tiroteo pero no se acercó, sabía que su compadre libraba una batalla personal. Juan Antonio comprendió finalmente que el orgullo del joven sería la desgracia para su calidad de nuevo ejidatario. Pedro trató de comprender que el fantasma había alcanzado una paz que él nunca podría conciliar. El pequeño Isaías, dichoso, echaba monedas en su cubetita de plástico y se divertía jugando a través del jardín con su carretilla repleta de oro y una sonrisa desplegada en el rostro. Tal vez volvería a enterrarlas, tal vez las escondería para jugar después con ellas; pero una cosa era cierta: esas monedas, según creía, no podían ser reales, brillaban demasiado para ser de verdad.

VIVIREMOS EN PAZ

Fuera del hospital y ya con la libertad condicional, pude dedicarme a preguntar por tu pasado. Llamé a tus antiguos amigos, me hice camarada de tus amigas, frecuenté los bares que visitabas y anduve en problemas con la justicia, igual que tú.

Logré rentar el mismo departamento en que vivías, recuperé viejas prendas que solías vestir y compré los perfumes y pinturas que utilizabas. Viejos conocidos de orgías y francachelas regresaron a tu departamento y me fueron narrando uno a uno su vida contigo. La decepción fue enorme: con todos fuiste feliz; menos conmigo.

Ellos hablaban de la forma en que te conocieron, de cómo les agradaba tu locura exquisita, de las obras de teatro que les propusiste, los autores que les diste a conocer, y las drogas y vino que siempre te agenciabas. No faltó quien mencionara locuras extremas que nadie creería. Así, fueron narrando episodios sueltos de tu vida y, cada noche, al estar sola, me sentaba frente a la mesita que una vez fue tuya y me ponía a unir los fragmentos. Fue entonces que lo descubrí: no sabía nada de tu familia, de tu infancia. Sólo comentarios aislados sobre una caída en bicicleta que te marcó la rodilla derecha y un amiguito homosexual al que quisiste hasta las lágrimas. Fuera de ello, todo era un misterio. Lo único real era tu padre.

Guardé tus cosas en una maleta, cerré el departamento a piedra y lodo y me largué a Michoacán a buscarte la historia no narrada, a descubrirte el pasado muerto y los días que fueron sólo tuyos.

Fue casi imposible rastrear a tu familia. Hasta entonces supe que te habías cambiado nombre y apellidos. Pero no cejé. Pasé casi un mes haciendo indagaciones, preguntando por la familia Manrriques, hablando de una casa enorme con mucha parentela que había vivido por los rumbos del centro y que ahora —después lo supe— se había mudado a un pueblito alejado y pequeño.

Hasta ahí llegué en mi obsesión de saber de ti. Al tocar la puerta, al llamar a golpes y casi patearla, al salir un niño y preguntarme qué quería y al responder yo que buscaba a Michell Manrriques, todo fue una tensión enorme. Reminiscencias de placer volvieron a mi vientre.

El pequeño contestó que no conocía a Michell, pero que en efecto ahí vivían los Manrriques. Pero que sólo estaban Florencia, Ángeles y el señor Octaviano; no había ningún Michell.

Claro, pendejo, me dije, cómo va a saber quién es, si yo apenas me entero que Michell en realidad se llamaba Chava.

—¿A quién busca? —preguntó una mujer de unos treinta años, sacándome de mis pensamientos.

—Busco a Chava Manrriques —contesté.

—¿Chava? ¿Conoce usted a Chava? —cuestionó— Chava se fue hace muchísimos años. Nunca le volvimos a ver. Creo que vive en la capital o en el Estado de México, pero más no sabría decirle. ¿Pero, quién es usted?

—Me llamo Trini. Busco a Chava porque estudiamos juntos en la primaria y acabo de enterarme de que su familia estaba viviendo por acá y, como vengo de paso, quise saludarlo —contesté, temblando.

—Oiga, pero si él no estudió la primaria —dijo la mujer, marcando el entrecejo y llevándose una mano a la cintura.

Ya no me pude controlar. Arrojé la maleta al suelo y ésta se abrió estrepitosamente. La ropa que llevaba en el interior quedó desperdigada y yo me agaché buscando el arma. La encontré en medio de tu blusa roja, la saqué y apunté con ella.

La mujer ya no profirió palabra, sólo abrió unos ojos enormes y cayó en medio de humo, sangre y ruido. Un perro corrió hacia la puerta y también sobre él disparé. Corrí a través del patio y maté a dos niños que jugaban en la parte trasera. Entré, vi una televisión prendida, me asomé a una recámara, luego a unos cuartos que estaban construyendo, y maté a una mujer más. Fue entonces que descubrí al viejo.

Estaba en una silla, en un rincón. Desde su rostro arrugado, desde su figura encorvada vestida de negro, me miró con ojitos sin brillo. Trató de decir algo pero enmudeció enseguida. Temblaban sus manos mientras le cogía del cuello y acercaba su rostro mugriento al mío.

—Él fue lo que fue por tu culpa, hijo de la chingada —dije asestándole un golpe en la cara con la cacha de la pistola.

Con el sólo golpe el anciano recuperó un habla fluida y me gritó con débiles fuerzas que de quién hablaba, que él qué había hecho, que qué significaba todo aquello.

Entonces lo arrastré hasta una cama que estaba a su lado, lo tendí boca arriba y saqué tu foto. Apenas miró tu vestido sin curvas, tu cabello pintado y tu rostro de niño hermoso, comenzó a llorar. Primero un par de lágrimas, después lloró hondamente y siguió gimoteando mientras le gritaba que te habías ido, que nunca fuiste feliz conmigo, que te había matado, que te había partido en dos porque me eras infiel.

El viejo siguió llorando largo rato. Después alzó la mirada y contempló el machete colgado en la pared de enfrente. Dijo, tembloroso:

—Yo también lo maté. A mi modo, yo también...

Regresé al departamento. Lo estoy redecorando. Siguen viniendo amigas y amigos y siempre hablamos de lo mismo. Creo que lo han notado. Soy idéntica a ti. Cuando miro la foto de tu cuerpo destrozado, esa que cuelga al lado del machete que aún conserva huellas de sangre, parece que es a mí a quien miro.

Estoy feliz. Aún visito al doctor y firmo mi libertad condicional. Él dice que me encuentra de lo mejor y que, de seguir así, en un par de meses obtendré la libertad definitiva. Es maravilloso. Ahora todo irá bien: viviremos en paz.

BIZARRA

Para David Reyes y Leticia Medina

Por entonces Maura se engalanaba con el sutil encanto de la corriente dark. Vestía de un negro soberbio que estilizaba su rostro y figura. Sus labios eran ráfagas negras que destacaban los percings en lengua, orejas y ombligo. Era rumor bien esparcido que portaba más metales en otros sitios cálidos de su cuerpo.

Cabello largo y gabardinas oscuras eran el atuendo de sus días.

Yo por entonces vivía inmerso en el trabajo editorial. Galeras, pruebas, correcciones, traducciones, eran el pan de cada cena.

Ella era la autora del momento. Solía verla cuando visitaba al editor: ángel negro tras los cristales de la oficina, paseaba su largo atuendo y se perdía en dirección a las escaleras. El editor solía quedarse largo rato contemplando sus nalgas, después de que ella se despedía.

Cuando llegó el proyecto de la publicación de *Vamp*, la esencia negra y la conjunción con su trabajo eran inminentes. Hermosísimo volumen que reunía textos sobre la obra de Bram Stoker, el oscurantismo y el mito del Conde y su relación con dragones y guerras santas. Era tan sorprendente el texto, que reunía material analítico de Martos & Lebrija, así como material irreconocible de Voltaire, Dumas y Schopenhauer en pequeños divertimentos que hacían referencia al tema central del volumen: el vampirismo.

Maura llegó al proyecto como caída del infierno. Sus artículos sobre Nosferatu y los dos libros que había publicado poco antes sobre erotismo y magia negra, habían sido éxitos efímeros pero garantizables.

El editor nos encandiló a ambos la traducción de la obra. Éditions L´Herne daba tres meses para la publicación. Así que yo trabajé a marchas forzadas en la versión al español y Maura en la acotación de la temática, en la revisión escrupulosa de los términos, las acepciones, las referencias cruzadas: los traspiés de la libre interpretación. Ella dominaba el tema en la misma proporción en que yo desconocía por completo de ritos, encantamientos y sapos adosados.

Trabajábamos duro, con una dedicación envidiable. Bizarra sería la mejor definición de cómo quedó aquella obra concluida.

Cuando el trabajo devino ya en lecturas de pruebas finas y la corrección sólo se limitaba a una coma y dos acentos cada cuarenta páginas, fue cuando surgió la verdadera amistad. Teníamos ya el tiempo suficiente para disfrutar la lectura del libro y emplear los mejores giros lingüísticos como para que el material se transformara en una verdadera joya editorial.

Maura se convirtió entonces en compañera de cenas a media noche en cafeterías perdidas en el fondo del centro capitalino, veladas en la oficina y charlas a diestra y siniestra.

Así, aunque la mayoría de los días se le veía en el abismo, rebasando los límites de la depresión, la autora, la amiga, el ángel moreno, bajaba breves instantes de su noche para conversar conmigo. Sería ruin decir que no la deseaba. Todas las miradas coincidían en su andar lento cuando sobre altos zapatos oscuros bajaba paso a paso los escalones de mármol de la escalera de acceso.

Maura tenía la piel tersa, los labios amplios y las caderas bien portadas. Piel y rito. Mujer, vampiro, fiereza. Cejas tupidas pero alineadas. Se predecían, innegables, unos senos exquisitos. Cuántas veces deseé acariciarla tendidos ambos en alfombras mullidas y arrastrar, lenta, mi lengua sobre sus costados. Cuántas veces deseé, dormidito y encuerado, tenderme a su lado. Abrazándole las formas, acodando mis piernas a sus muslos.

Era la gran seductora: de oscuro andar, de letra fina, los modales arcaicos. Mujer de metalitos anclados en el cuerpo, recubierta de tatuajes negros y rojos: dos dragones, un sapito y las alas infinitas de un ave que se abrían a partir del inicio de las nalgas y que sobresalían, tentadoras, cada vez que se inclinaba levemente hacia adelante. Maura era un demonio que creí poder seducir. Negra estrella de mi noche.

Accedí, solícito, cuando me invitó a su casa a un rito de iniciación. Venga, dije, ésta es la buena. Yo nunca había asistido a ritos, ceremonias y demás. Pero suponía que aquello que llamaban misa negra, tendría que terminar invariablemente en grandes bacanales, en orgías trasnochadas. Por películas del género, suponía aquello. Sin embargo, hubo más. Mucho más.

La ceremonia fue de dos —Ella y yo—. Comentaba que me iba a iniciar en su largo historial de iluminados. Yo, con tal de estar cerca, accedí a todo: llevar los instrumentales que pidió, conseguir fotos, velas, sal. Todo llevé puntual. La ceremonia no tuvo gran chiste. Ritos de una iglesia antigua hubieran tenido más preámbulo que el suave baño en especias que me dio Maura. Todo se redujo, como supuse, a una sensualidad exquisita y perturbante.

Pero todo cambió cuando me dio a tomar un líquido amargo, junto con una raíz que me pedía mascar profusamente. Bastaron breves minutos para que le pidiera recostarme, dado que me sentí realmente agotado. Apenas me acosté, sentí un tirón desde la base de los pies y comencé a recorrer un sueño donde lo que más sorprendía de aquello que miraba era, sin duda, la atmósfera.

El sueño fue largo y sinuoso. No he de cansarlos relatando las travesías oníricas de aquella noche. Fue un viaje a un espacio diferente, de ambiente denso, oscuro, donde vi gente que vestía largos abrigos. Me era imposible entender su idioma de manera clara, pero que intuía por las expresiones y actitudes. Sobre todo, me impresionó un tipo pelón detestable, alto y majadero que al hablar, ladraba.

Habitaciones de hotel paupérrimo. Clósets blancos al fondo. Se escuchan voces, ruidos, golpes. Abro la puerta de uno de los clósets y siento una presencia, alguien me mira desde el fondo, pero resulta demasiado oscuro para verlo. Un punto se abre; veo una luz opaca, niños tristes. Todos los niños están arrojando muñecos, juguetes, cosas.

Dentro del clóset el ambiente es aún más gris y turbio. Los niños no sonríen. Todos están rapados y tienen los ojos muy abiertos, perdidos. Intento saber qué pasa, pero nadie habla. Un muchachito de aproximadamente doce años compite contra otros pequeños. Hace una actividad y parece ganarla, pero no hay risa, no hay cambio.

Por fin entro a un patio donde en la parte de arriba, colgada de la cornisa de los primeros pisos, está la foto del hombre detestable y ahí, de acuerdo a las imágenes que se observan, el hombre pelón se va modificando en su aspecto y cambia su figura para ser primero un niño y después el ser que he visto recientemente. Pero a su vez es la imagen de cada uno de los niños y de las personas. Su personalidad posee a la gente. El está dentro de todos. Para hacer este proceso las imágenes se van moviendo y muestran que en una alberca enmohecida, dentro del agua, mientras las olas se agitan y los seres se aferran a la vida para no ahogarse, él se mete en sus cuerpos y en sus ojos y en su aliento, y ellos quedan como zombies rapados, con los ojos abiertos. Es una revelación: el hombre está transformando sus mentes.

El niño de doce años tiene un papel preponderante, por el juego, por el triunfo del juego y la inocencia. Intento hacer algo pero suena el equipo de control de uno de los vigilantes que visten de blanco y llevan un micrófono de diadema en la cabeza. Uno se acerca y extrae una especie de tenedor que encaja en mi espalda donde tengo un pequeño rectángulo de plástico. Quedo atónito, el ser maligno también comienza a entrar en mí.

Pero llega otro ser vestido de un amarillo intenso; es alto, estilizado y emana una fluorescencia extraña. Revisa mis pupilas que comienzan a dilatarse y, en ese momento, cuando estoy perdiendo mi identidad, sonríe —es el único ser que he visto sonreír—. Y entonces descubro que se trata del niño que ganó antes el juego, pero ahora cambiado, diferente, al grado de ser respetado por los vigilantes.

Mete otro tenedor en mi boca, alarga su mano estilizada hasta mis labios y de ahí sigue una línea que dibuja sobre mi pecho hasta el corazón. En ese momento, cuando mi corazón es tocado por su mano larga, me hace una seña de que sonría. Yo alargo los labios y él sonríe de nuevo. Un hombre negro llega con una charola, nos empuja para hacer su trabajo. El niño se vuelve hacia él y hace el mismo procedimiento que conmigo. El negro se asombra, dejan sus ojos de estar fijos, quietos, paralizados, y sonríe también. Una luz comienza a emanar de nuestros cuerpos. Los vigilantes miran al muchachito y dudan si estará haciendo lo correcto. Pero lo respetan, le temen y no intervienen. Sé que está logrando algo. En ese momento somos varios quienes cobramos conciencia y nos enfrentamos al ser maligno. La sonrisa, la luz, es nuestra arma…

Hasta aquí el sueño.

Cuando desperté vi a Maura desnuda y hermosa. Sudaba como si hubiera bailado una danza interminable. Me pidió que saliera de su casa y no regresará jamás. Que ya había sido yo ingresado en el nuevo reino, donde en sueños se me indicaría cuál sería mi misión y que trabajara arduo para difundir el nuevo precepto de la palabra. Pero que nunca olvidara este primer sueño. "Los que sueñan con la rebeldía y la transformación —concluyó— mueren jóvenes. La energía se nombra gris y densa. Lo demás no existe."

Yo, sobra decir, salí de ahí para siempre. A Maura la volví a ver por la oficina, recorriendo majestuosa su cuerpo esbelto. Pero jamás volví a mantener con ella charla alguna; intercambiábamos dos o tres hola, cómo estás, pero sólo eso. Un guiño oscuro, cómplice, nos hacía volver la cabeza al despedirnos y sonreír. Ambos sabíamos lo que significaba aquello. Y nadie, o casi nadie, sabría lo que ese mínimo guiño implicaría después.

II
JÍCAMAS

En gran medida todo lo que he escrito
es una carta de amor o de despedida
a mi propia generación.
Roberto Bolaño

PÁSELE AL REPASÓN

Mi barba es una especie de Medusa que crece con pelo grueso y despeinado. Mis vellitos nunca han sido capaces de crecer parejos, bien formaditos; siempre lo hacen ondulantes, enredándose hacia arriba o hacia los lados, con lo que mis mejillas adquieren un aspecto peor que el que tendría Osama bin Laden en medio de un bombardeo atómico.

Casi nunca me dejo barba y mostacho, pero en cierta ocasión, tratando de ser congruente con mis ideas, decidí hacerlo, además de dejarme también el cabello largo. Así, matitas más, matitas menos, barba y cabello comenzaron a crecer.

Pero la ondulación de uno y el desgaire de la otra dieron al traste con mi proyecto. Parecía yo más un músico jamaiquino de merengue que un intelectual. Motivo por el que, después de meditarlo largo rato, decidí cortarlos y mejorar con ello mi aspecto. Fue ahí cuando comenzó la tragedia.

Me encaminé a la peluquería, tomé asiento en una de las sillas de espera y soporté las miradas de reojo y las sonrisas burlonas de los demás parroquianos.

Estaba demasiado indignado con la vida como para prestar atención a mi alrededor. Así que apenas me di cuenta cuando dijeron que "pase el siguiente". Yo suponía que había varias personas antes de mí, pero al ver que nadie tomaba la iniciativa, me adelanté y tomé asiento en el sillón giratorio correspondiente. Las personas me miraron expectantes. Me dieron ganas de gritar: ¡Qué, nunca han visto a un greñudo tumbarse las mechas!

Pero la indignación se hizo nada cuando descubrí que, en lugar del hombre que siempre me encuentro tijeras en mano y sonrisa elocuente, había un joven de cara afilada y cabello corto con una delicadeza que me hizo pensar en una danzarina de ballet y quien me miró de forma pícara al preguntarme "¿Cómo lo quieres?". Yo clarito escuché: "¿Cómo lo quiere, mi rey"?

Reconocí la trampa del destino. Sentí la sangre agolparse en mis mejillas mientras recordaba una escena de *Juego de lágrimas*, en la que el personaje central se deja cortar el cabello por un homosexual superbella. Claro, digo esto porque en ese momento ni el personaje ni los espectadores sabíamos que se trataba de un homosexual, y en este caso las evidencias saltaban a la vista: contoneo de rumbera, voz de *Selena vestida de pena* y las actitudes de los personajes de Luis Zapata (En conclusión: ¡Una verdadera locota!). Sólo pude responder: "Corto. Todo para atrás. Y sin raya."

El o ella se sintió emocionado. Tomó las tijeras, miró mi cabello de un lado y otro, pero a la hora de la verdad nunca se animó a clavar las filosas hojas. Sólo se limitó a bajar los hombros, desalentado, y a salir de la peluquería dejándome con un babero gigante bajo la barbilla.

Poco después el ayudante regresó seguido del viejo peluquero de todas mis confianzas. Respiré aliviado. Ahí estaba el único testigo de mis experimentos juveniles y el único en el mundo que se enteró de la novatada en la preparatoria. Sonreí.

Pero el peluquero ya no estaba en sus cabales; al ver lo largo de mi cabello, abrió unos ojos enormes y sin mediar palabra ni saludo ni nada, se abalanzó sobre mí y empezó a tasajearme la melena.

Me sentí Sierva María, el personaje de la novela del Gabo, y me dieron ganas hasta de morder al peluquero. Pero él seguía enfebrecido con manos y tijeras clavadas en mi cabeza. Estaba en un estado de éxtasis. Sólo alcanzó a decir arrebatadamente: "Así es como me gustan, para volverlos a peinar como hombrecitos". Su ayudante, dos pasos atrás, se sintió aludido y comenzó a sudar, nervioso.

Tras ominosos minutos, y una vez que casi todo mi cabello estuvo por los suelos, el peluquero, aún excitadísimo, levantó el espejo. Yo miré divertido y contesté afirmativamente con un movimiento de cabeza. El viejo salió orgulloso del establecimiento mientras decía a su pupilo: "Voy a terminar de comer, y regreso". Sonreí por lo absurdo del asunto ya que, aunque pongan el espejo a escasos centímetros, sin lentes soy incapaz de verme siquiera las narices. Seguía sonriendo, hasta que el ayudante se aproximó y tomó mi cara entre sus manos suaves. Ahora el que sudaba era yo.

"¿Te arreglo la barba?", preguntó el joven. Sonrojado, pensando en que debía de lucir como Santa Claus antes de Navidad, de nuevo moví la cabeza afirmativamente (Las palabras no me salían). "Es un bruto", comentó refiriéndose a su jefe, y comenzó a trabajar con una delicadeza infinita. Sacudió el baberote, echó mi cabeza hacia atrás y volvió a la carga con unas tijeras pequeñitas.

Después de recortar un poco el bigote, empujó el respaldo del sillón hacia atrás y quedé acostado como en una plancha de quirófano. El terror invadió todo mi cuerpo: ¿Qué tal si era el mismísimo vampiro de la colonia Roma, acercándome esos ojos que da pánico soñar y recordándome que la muerte viste de rosa?

Mi cara era volteada de un lado a otro, de manera que algunas veces quedaba frente a los espectadores que me miraban asqueados y otras veces, ¡Oh, terror!, quedaba frente a la entrepierna del ayudante, y entonces era yo el que se asqueaba. ¡Purititas gardenias blancas!, hubiera podido exclamar, recordando la época de oro del cine nacional. Sin embargo, tanto perfume cerca de mí me revolvió el estómago.

Y todo pude soportarlo: entrepierna, espectadores, espectadores, entrepierna, o si se prefiere: ojos abiertos, gardenias blancas, ojos abiertos, gardenias blancas… pero cuando el susodicho se inclinó totalmente hacia mí y aproximó su boca hasta mi boca, supuestamente recortando y dando forma a mi labio superior, sentí un pánico incontrolable y quise saltar de la silla, correr, vomitar. Pero él se limitó a apretar firmemente la navaja contra mi cuello y a susurrarme al oído:"Si te sigues moviendo así, te voy a cortar".

Quedé hecho una estatua. Mi cara hasta entonces roja se puso de un pálido sepulcral. Él siguió pasando sus manos por mis mejillas y, después de acariciarlas una y otra vez, deslizaba la navaja demasiado inclinada sobre mi piel crispada.

Recordé las veces que mi novia me había propuesto cambiar de peluquería, pero siempre el arrepentimiento nos llega tarde. Sentía la mano suave sobre mi rostro, su aliento cerca de mi respiración y el asco crecer desde mis entrañas.

Siempre me he rasurado sin mayor preámbulo que el que implica deslizar el rastrillo sobre la piel enjabonada, con lo que el peligro se reduce a nada. Pero esta modalidad de rasurarse en la peluquería frente a todos, en medio de un acto de seducción, provoca en uno unas náuseas espantosas y hasta se siente burlada la integridad: Caramba, que no hay derecho. Yo sólo vine a cortarme el cabello, no me mires así.

Cuando el ayudante concluyó su trabajo y dijo "Ya", yo entendí perfectamente "Ya, papacito, ya terminé", y tratando de negar los hechos, dejé pago y propina en su mano y salí corriendo sin siquiera mirarme en el espejo y mucho menos mirar a los ahí reunidos. ¡Ahora siguen ustedes, cabrones!, me hubiera gustado gritarles, pero mis náuseas ya no daban para más.

Todavía agitado llegué a casa, pero las náuseas, pero el asco, pero el mareo, ya no me permitieron llegar hasta el baño y entonces… vomité sobre mi perro. El perro de todos mis cariños, de todas mis caricias, quedó hecho una mierda. Le pedí perdón por dejarlo literalmente hecho una basca —ya después regresaría a aventarle cubetadas de agua—, y entré al baño. Me enjaboné el rostro, me empapé la cara, tallé las mejillas y, mientras me secaba con una toallita rasposa, alcé la vista, me puse los lentes y entonces vi, frente a mí, en el espejo, la barba más hermosa que he visto jamás.

DE NALGAS QUEMADAS
Y OTROS ROSTROS

I

Heniluz tiene la cara quemada, la piel estriada, inservible, los pasos lentos y las manos temblorosas. Hasta hace poco era una de aquellas mujeres que vuelven locos a regimientos enteros. Rostro moreno y curvas contundentes, el cabello lucía siempre hecho un nudo en alguna parte de la nuca. Pero su belleza palidecía al ser comparada con su carácter; porque detrás de esa mirada de brillos infinitos había una vanidad intelectual que la llevaba a ser desagradablemente irónica. Se mofaba de todo. Buscaba la parte más débil de cuanta personalidad le salía al paso y, apenas habría la boca, una sentencia dilapidaba a la víctima. Decenas de personas la odiaban por esto.

Su lengua destruía el mundo, su vanidad lo asqueaba. Por ello, muchos ven con gusto y hasta con sorna el que Heniluz termine sus días con el rostro plegado y el cuerpo ajado a fuerza de injertos. Yo, por mi parte, siempre he de considerar que sus nalgas no son ahora sino golosina aniquilada, porque después del incendio hasta lo mejor de su humor se perdió para siempre. Respecto a su trasero... mejor no hablar.

II

Todo ocurrió el día en que presentó su examen profesional. Lucía soberbia.

Confiada y altiva, Heniluz enfrentó a los sinodales. Primero les dijo que era una estupidez que la examinaran a partir de un trabajo sobre el que pocos sabían más que ella y, encima, le preguntaran sobre la innovación de técnicas narrativas, cuando cada una de dichas técnicas había sido inventada por ella con resultados francamente sorprendentes. Después les escupió que era la alumna que había sacado cien de promedio y, también, quien escribió el único ensayo respetable sobre la obra del Marqués. Terminó su desplante exquisito al asegurar que no había ido a ver si pasaba el examen, sino que iba feliz, horrorosamente feliz, de que por fin se libraba de una vez por todas de aquella maldita escuela en la que no había aprendido un carajo.

Obvio, no le concedieron mención honorífica, sino apenas un nueve noventa y un adiós sin retorno. Heniluz, toda temperamento, salió del auditorio y cuando cruzaba el umbral giró sobre su eje, miró a los escrutadores quienes aún se debatían en algún comentario y, con una carcajada que cimbró la sala, cerró el puño, alzó la mano, encogió el brazo y los mandó a todos a chingar a su puta y sinodal madre. Todos explotamos en carcajadas.

Los maestros salieron ofendidos por la puerta trasera, seguros de que aquel examen los había rebasado en mucho y que, una vez más, uno de los estúpidos perros de Sade les había mordido el culo.

III

Concluido el examen fuimos a su departamento, donde la celebración dio inicio. Inmediatamente se organizó la orgía de rigor y vaciamos botella a botella todo el vino que Heniluz había comprado con los últimos pesos de su beca del programa de titulación.

Con el alcohol hasta el cerebro y las venas repletas de miguitas de *trips* fui viendo desfilar a viejos camaradas. Conforme aparecían, el departamento se hacía más diminuto: los amigos entraron a escena.

María, siempre joven y seductora, llegó detrás de mí. Poco después aparecieron Juan y Berenice, uno repleto de celos, la otra repleta de golpes, y ambos cargando una caja llena de fotos que fueron deshojando, febriles, sobre alfombra y mesa.

Arcelia logró escapar de su agobiante trabajo y se hizo presente con un vestido entallado y una bufanda fea y raída. Malva e Ignacio, amigos que no veía desde que, huyendo del smog, se refugiaron en Irapuato, llegaron cargados de pinturas, cuadros y colores. Hacia la madrugada, Malva haría un desfile de modas cubierta tan sólo con un marco de madera mientras Ignacio se olvidaba de todos al comenzar a poner la música. Con ellos llegó un amigo de Heniluz, hombre triste y apagado y de quien después sabría se llamaba Justino.

Caída la noche, cuando ya finas rayas se alineaban sobre cristales, apareció Jovanna con su cara de niña y cuerpo de terciopelo. Habían concluido sus eternas audiciones y la niñita mimada de mamá se dignaba bajar al averno. Con ella cerca, la noche se vislumbraba febril. Se sentó a mi lado y vació botellas y toneles; pasadas las horas, me habría de vaciar a mí también.

Octavio llegó tarde cuando ya el ambiente era desquiciante. Para variar, nos regaló a cada uno la nueva versión de su ya famoso impublicable libro de poesía que a editorial alguna importara y que a nosotros nunca nos pareció del todo malo y sin embargo él pulía y pulía. Cambiaba título, formato, modificaba dos o tres versos y terminaba por agregarle viñetas de no sé qué pintor. Aún así sabíamos que se trataba del mismo viejo libro, aquel que tituló *Los efluvios de la noche* y que nos dedicó a los becerros dorados, a los marginados de fe y esperanza. Seres apasionados, amigos todos, a los que un día alguien definió como "Los perros de Sade".

La última en llegar, como siempre, fue Erika. Traía un gatito blanco al que dejó hacer y deshacer por el departamento y que casi muere chamuscado cuando Heniluz comenzó toda aquella torpeza de los azulejos. Con ella venían otros camaradas, pero para entonces yo estaba en pleno *trip* como para identificarlos. Sólo sé que eran del clan, seres como nosotros, amigos sin perro ni casa, pero vivos a fuerza de pasión.

IV

Los perros de Sade: seres mitológicos conviviendo en una ciudad pestilente. Gentuza. Hermanos de farra y a veces de cama. Ahí estábamos todos. La reunión no sólo era la convenida celebración en torno a Heniluz, sabíamos que en el fondo era una fiesta más de las nuestras: rito que festeja la vida.

Porque nuestras reuniones siempre terminaban por ser, de algún modo, el relajamiento de la depresión que sabíamos todos tolerábamos y que en más de una ocasión nos había hecho abdicar, patas arriba, para terminar en medio de nuestra propia trampa, soportando la irresponsabilidad de habernos tragado el cuento y la cuenta de encasquetarse en el arte como medio de sobrevivencia. Por esto, una fiesta era una tregua con nuestros propios demonios y eso, precisamente, era lo que había que celebrar.

Ese era pues el ambiente que reinaba en la última farra que organizamos. Sin embargo, después de aquella reunión, todo se ha hecho más duro y más frío. En especial, el trasero de Heniluz.

V

En uno de los oasis que proporciona toda fiesta plena, llegó el puto de oro: El Marqués. Cada uno se desprendió como pudo de su alucinación en turno y se fue a la sala donde, desnudo, con el cabello dorado y el labial corrido, Sade daba cuenta de cuanta botella se elevaba hacia él. Había llegado, estaba presente. Y los amigos, irredentos, no pudimos sino alegrarnos. Yo lo abracé, acaricié y sólo hube de romper el abrazo cuando, desnudos, piel a piel, su falo comenzó a vibrar y mis hormonas se replegaron aludidas. Ambos sonreímos; preferimos la conversación.

En el fondo de un costal guatemalteco Sade traía revueltos libros y discos, anfetas y grapas, provisiones para ungir. Feliz, extrajo libros sin pastas, escarabajos de plomo y cascaritas de nuez talladas. Iba sacando cada uno de aquellos tesoros sólo para dejarlos varados en la alfombra inútiles e inservibles. El tesoro mayor consistía en una marrana enorme, hecha a imagen y semejanza de sus parientes puercos, pero cuinita feliz, con la sonrisa dibujada en su hocico y la peculiaridad de ser blanca y tener motas azules. Los demás tesoros quedaron anulados ante su tamaño. Casi nadie prestó atención a la navaja que tenía la cualidad de tatuar las uñas, imantar los vellos del pubis e insertarse en el corazón blanco de la coca.

Cuando terminó de sacar aquellos juguetes, que anunció regalaría a Heniluz, extrajo por fin los papeles arrugados y las hojas sucias donde venía el tesoro supremo. Pero mientras descifraba jeroglíficos —letra de doctor y aduanero— la locura sentó pie y apenas se sintió más proclive al amor que a la lectura, Sade abandonó las páginas y se dejó internar entre las piernas de algunos de sus amigos. Se sentía feliz: Heniluz, su gran amiga, se había titulado y él que no creía en carreras universitarias, títulos nobiliarios y trajes combinados, en fin, Sade que no creía en mayor certificación que inteligencia y sensibilidad, estaba dichoso, sinceramente dichoso del logro de su amiga.

Ése era el Marqués; burbuja girando en nuestra sangre.

VI

Al amanecer, todo vómito y hedor, despertamos. Octavio se había quedado dormido encima de Berenice y, debajo de ella, Juan conservaba una sonrisa tonta. Malva, hecha un ovillo, quedó en el vientre de Ignacio y Nacho hizo lo propio en la entrepierna de Justino. Yo terminé en la tina con un frío siberiano que nos hizo temblar toda la noche a Jovanna y a mí. La droga que Heniluz había reunido durante todo el tiempo que le llevó redactar su tesis, fue consumida en una sola noche por unos locos que no supieron ni con quién hicieron el amor y mucho menos se habrían de enterar de cómo comenzó el incendio.

Despertamos con el consabido dolor de cabeza y con el siempre miedo innoble de saber si alguien se había excedido. Preguntamos por los ausentes: por el Marqués, por Heniluz y por las nalgas prietas de no sé quién; en fin, el sol pintaba rayas en la piel y únicamente quedábamos en el departamento los que habíamos sobrevivido al naufragio; los demás tomaron sus respectivas balsas y se marcharon a mitad de la noche en busca de sus propios vampiros.

Nosotros, los sobrevivientes, lucubramos la idea de ir a Xochimilco a curarnos la resaca entre trajineras y chalupas. Así que nos bañamos hechos bola en la tina y cuando la temperatura iba de nuevo en ascenso y espaldas y nalguitas eran lindamente talladas, Octavio lanzó el comentario: ¡olía a quemado! Nos miramos con espanto y el famoso experimento de Heniluz regresó a nuestra mente. Acortamos la respiración, tentamos los aromas, sumamos el calor plástico y pegamento y resumimos que sí, en efecto, olía a quemado.

Chorreando agua, atravesamos la sala y quisimos entrar en la biblioteca, pero fue imposible. La puerta había sido atrancada. Aún estaba ahí la cartulina con su letrerito: "Hasta que este umbral no sea traspasado por un corazón que sueñe, este cuarto no existirá." Empujamos, gritamos, pateamos. De golpe todo el miedo a las excentricidades de Heniluz se hizo presente.

Fue hasta que Octavio cargó contra la puerta toda la mole de sus cien kilos, cuando ésta cedió y nos enteramos, finalmente, de la desgracia: la biblioteca había sido barrida por las llamas y la mayoría de los libros consumidos por el fuego; paredes cubiertas de tizne y el suelo empapado, con tristes pecesitos chamuscados aquí y allá.

Heniluz estaba tirada en el piso con una cobija húmeda sobre ella y unos cuantos libros cn sus brazos. Cierto homenaje a Alejandría y de paso a Umberto Eco rezumaba su cuerpo quemado. Creímos que estaba muerta, que se había calcinado, que el fuego había cobrado una víctima más. Sin embargo, Heniluz estaba más viva que nosotros y deliraba majaderías y nos mentaba la madre mientras la trasladábamos al hospital.

Al tiempo que especialistas revisaban llagas y quemaduras en su cuerpo, nosotros tratamos de reconstruir los hechos. (Yo en realidad no recordaba nada.) Unimos, pegamos, hilvanamos versiones y, a lo Faulkner, completamos la historia. El resultado fue que Heniluz se había prendido, en más de un sentido. He aquí la versión.

VII

Excentricidad a cuestas, Heniluz comentó desde temprano que esa noche probaría el soplete que había comprado con la intención de pegar unos azulejos en su biblioteca. El experimento era sencillo. Consistía en calentar la pared lo suficiente para que cuando se embarrara pegamento, éste fuera rápidamente oreado y estuviera en condiciones de pegar enseguida. Lo bello del asunto era que una vez adheridos los azulejos, y aún calientes, se colocarían sobre ellos los acetatos que había preparado con tanto esmero nuestra amiga.

Los acetatos tenían poemas de Sade. Su tinta negra y el plástico delgado se fijarían en amoroso homenaje. Haría el experimento en la biblioteca y si resultaba, seguiría con la cocina donde estamparía poemas de

Hernández, Bartolomé, Quirarte y, obvio, del maldito mayor.

Así, el día en que se tituló fue la fecha señalada por los dioses para llevar adelante el plan. Primero calentó una pequeña parte de la pared. El yeso dejó escapar unas raras burbujas de pintura, que al cabo de varios minutos se habían extendido por toda la parte baja. Una vez hecho esto, Heniluz embarró el pegamento, que comenzó a ponerse aún más cenizo de lo normal. Después puso el azulejo y apenas colocado, quedó adherido de por vida en aquella alta pared azul.

Al fijar el acetato las letras se adhirieron a la superficie y la tinta quedó estampada sobre el brillo del azulejo. Una vez frío, todo intento por desprender las letras fue en vano. El poema "Salida del mar" quedó ahí, suponíamos, para siempre.

Cuando ya las anfetas jugaban damas chinas en nuestro cerebro, Heniluz dijo que iba a tapizar toda la pared con el largo poema "Duendes del mal". Fue entonces que calentó la pared hasta que aparecieron las burbujas, después embadurnó todo de piso a techo y, estaba a punto de colocar los cuadros, cuando comenzó la discusión. Todos preferíamos estar en la sala escuchando música y bailando y algunos no buscaban sino un colchón confortable, sin embargo, Heniluz se obstinaba en pegar los famosos azulejos. A diferencia de otras ocasiones, ella trató de imponer su acción a los demás y entonces los muros fueron poco para contener los enojos.

Jovanna y Malva dijeron que eso de andar pegando pinches cuadritos ellas no lo hacían ni en el kinder. Heniluz apenas escuchó esto las corrió de la biblioteca y les gritó que los azulejos debían colocarse en sus traseros, para ver si así alguien encontraba algún atractivo en sus culos ñangos. Herido el orgullo, Malva y Jovanna salieron mentando madres y asegurando que le robarían más libros de los acostumbrados si seguía de mamona. Azotaron la puerta y se refugiaron en la sala; a los pocos minutos las oímos gemir tiradas en el suelo, seguramente con los rostros blancos por la coca. Apenas iniciaron los jadeos, Juan e Ignacio, con el pulso acelerado también, salieron del estudio y entonces los gemidos se repitieron aún más placenteros. Todos iríamos abandonando así la biblioteca, acosados por las ofensas de Heniluz.

Fue así que quedamos dormidos. Recuerdo que en algún instante Heniluz salió y pegó una cartulina en la puerta de la biblioteca. En ese momento, Erika le reclamó por intentar prenderle fuego a su gato por rondar la pecera, y la discusión terminó con un gato bajo el brazo y un portazo dilapidante. Jovanna y yo nos metimos al baño y le encontramos la cuadratura a la tina. Sade debió marcharse antes porque para entonces ya no lo recuerdo.

VIII

Esto fue lo que pudimos reconstruir. Lo que pasó después entra ya en el campo de las suposiciones. Auscultando la memoria, mientras a Heniluz le auscultaban el trasero, esto fue lo que concluimos:

Debieron ser las tres o cuatro de la mañana cuando el fuego del soplete alcanzó la lata de resistol. De ahí el fuego trepó, hecho un volcán, hacia los libreros y tentó lomos, acarició pastas y se introdujo en las hojas de los libros. Heniluz, seguramente presa de horror, debió correr hecha una loca entre las llamas, tratando de salvar a sus amados volúmenes. (La duda radica en por qué no pidió ayuda. Todos estábamos en la sala; follando, eso sí, sin ganas de ser molestados pero, bueno, apagar un incendio, sobre todo si es interno, no se le niega a nadie. Ahora que, conociendo a Heniluz, podía esperarse cualquier cosa. Pero esto no es sino una achicharrada reconstrucción.) Así que tal vez intentó pedir auxilio, tal vez alguien la escuchó y trató de forzar la puerta atrancada, pero como suele ocurrir ante la desgracia, el tiempo no dio tiempo para más. El fuego se propagó de las enciclopedias a las novelas, de ahí subió a la poesía y alcanzó rápidamente a los ensayos. No hubo autor que respetara. Heniluz siguió defendiendo sus libros y luchando contra las lenguas ardientes hasta que una le alcanzó los vellos, la piel y el cuerpo entero.

En ese momento, suponemos, debió estallar el cubo de vidrio que le salvó la vida. El fuego se hubiera extendido por todo el departamento, consumiendo a dormidos, alucinados e histérica, de no haber sido porque se estrelló la pecera, esa enorme pecera que marcaba el límite de la biblioteca.

Cuando tratamos de entrar por la mañana, era la tranca que Heniluz colocó después de pegar la cartulina la que nos impedía el paso. Y cuando logramos descubrir su cuerpo chamuscado, ella llevaba ya varias horas de delirio. Los acetatos hirvientes se habían adherido sin piedad a su rostro repleto de burbujas apestosas.

IX

Reconstruíamos así la tragedia, cuando el especialista que revisaba a Heniluz vino con el comentario esperado. Desde el inicio dijo que era imposible reconstruir su pierna, pero que en el rostro, que había sido alcanzado por plástico hirviendo, se podrían hacer injertos, que había que hacerlos rápido y necesitaba hacer pruebas a varios tipos de piel hasta dar con el que podría ayudarla.

Nosotros, después de bromear, lloriquear y maldecir, después de mandarla mil veces a chingar a su achicharrada madre, uno a uno cedimos las nalgas para el rostro quemado de Heniluz. Ibargüengoitia habría explotado de risa al vernos boca abajo, con los pantalones bajados, las narices del doctor pegadas a nuestro orgullo y nosotros repeliendo la agresión a punta de ventosos.

Octavio fue el único que se salvó de donar la cola. Además de que era demasiado blanco para el tono oscuro que se requería, su hábito de pasar todo el día sentado, hora—nalga, escribiendo y leyendo, le había generado unas almorranas sangrantes que eran su delirio cada vez que comía picante. Fuera de él, todos entregamos la piel más valiosa de nuestro cuerpecito en aras del rostro de la loca de Heniluz. Hasta algunas muchachas sacrificaron parte de su atractivo; con ello habrían de perder, poco a poco, nuestros fervores y entusiasmo.

Así fue como Heniluz adquirió la apariencia que ahora tiene, ese aspecto tétrico que le dejaron los poemas de Sade en la cara y el resistol que bañó su piel. Dice que todavía cuando se excita y su rostro adquiere un tono brillante, se puede leer claramente en la mejilla derecha: *"El amor como la poesía no es arte, es vida."*

A Heniluz esto le provoca una risa incontenible. Sin embargo, nosotros hemos comenzado a alejarnos. Porque el trasero va en detrimento, su excentricidad cada

día es peor y su carácter se ha convertido en una burbuja candente y apestosa. Heniluz, que siempre repre-
sentó para nosotros un majestuoso poeta maldito, se
convirtió de pronto en un maldito poema viviente. Y
eso, sobra decir, resulta difícil de sobrellevar. Si no
imposible.

¡NO ME CHINGUE,
MI JEFE!

Para Perla Schwartz, por supuesto

El título: *El quebranto del silencio* de Perla Schwartz. El subtítulo, una verdadera tentación: "Mujeres poetas suicidas del siglo XX". Pasta rosada, viñetita en la portada: la muerte abrazando, seduciendo, a una mujer desnuda (Léase: Calaverita cachonda).

El libro era delgado, una verdadera joya. Y estaba ahí, al alcance de mis manos. Retractilado, sellado, cubiertito de plástico. Ya se sabe, ya se sabe, me gustan las provocaciones. Arranqué el plástico y pude hojear la obra. Un índice exquisito, fotos borrosas pero entrañables: Virginia Woolf, Alfonsina Storni, Violeta Parra... A ver quién me dice algo como mira tú cómo tratas los libros, y dónde dice que se pueden abrir, o cosas por el estilo.

La tienda estaba casi vacía, la mesa de novedades realmente vacía. Los pasillos, las escaleras, un tanto cuanto vacíos. Un policía a lo lejos, yo con un chaleco holgado y unas manos rápidas, ágiles. Ya se sabe, ya se sabe...

Cargué el libro en la mano derecha, hojeando otros ejemplares los coloqué sobre el primero, abrí otros tantos y, en menos de que te das cuenta, puuf, magia de magia, el libro desapareció entre mi ropa y si te vi ni me acuerdo. Las gaviotas.

Camino para acá, volteó buscando cámaras ocultas y no veo nada. Camino para allá y, en menos de que te vuelves a dar cuenta, camino hasta la puerta y adiosito, corazón. Una expropiación más en favor de la cultura y del crecimiento intelectual. Osease: ya chingué.

Salgo a la banqueta donde el sol es intenso. Pero apenas pongo un pie entre el sol—banqueta y la sombra—tienda, algo suena: una alarma, un chillido. Alguien corre y patitas pa´ que te quiero. Corro. Lo siento, lo presiento, dos policías corren tras de mí y justo vienen y justo acelero la carrera y justo suena más fuerte la alarma y justo llega a mi pies la puerta plegable de un microbús. ¡A donde vaya!, a San Ángel, a C.U. No importa. Me trepo al pescante, pago rápido, me recorro hasta el fondo, me siento de inmediato y finjo dormir. Dormidito, dormidito. Miro de reojo: dos policías corren intentando detener el micro. Yo sonrío. El micro avanza. Saco el botín de entre la ropa y vuelvo a sonreír. Chaosito.

Estoy viajando por Insurgentes. La tienda se ubica en la esquina de Holbein y Eje 6, a un lado el estadio de fútbol y más allá la Plaza de Toros México. Yo feliz, librito en mano, lo hojeo y apenas voy a comenzar a leer dos que tres parrafitos, escucho la sirena chilleante de una patrulla. ¡Jesús sacramentado! El microbús avanza, escucho la sirena más y más cerca. De nuevo finjo dormir. La chota veloz y yo más dormido, más jeteado. La patrulla alcanza al micro, lo rebasa, parece que se va, se va, se va, pero a la mera hora se le cierra. Yo nervioso, sudando, aterrado, quesque durmiendo.

Me levanto de un salto y casi corro hasta la puerta de atrás. El micro se detiene, así, de sopetón. Yo queriendo tirar el libro, ensayando la cara de ¿qué onda, si yo vengo desde la base, desde Indios Verdes, qué transita por tus venas? El micro se para totalmente. Dos policías bajan de la patrulla, mal encarados. Yo toco el timbre, vuelvo a tocar, con un carajo que abran la puerta. La gente: ¿qué onda?, ¿qué pedo? Yo: ¡Con una chingada, cuando uno tiene más prisa, estos pendejos detienen al chofer! La puerta se abre.

Bajo del microbús cuando los dos policías están subiendo por la puerta delantera. Ya bajo, camino, corro. Busco dónde demonios tirar el libro. Ojo. Justo ahí: ¡Madre del Divino Verbo! Un taxi. Yo traigo dinero, poquito, pero traigo.

Monto el taxi, Ayo silver, ay ojón. Llevo prisa, le digo. El taxi arranca. Volteo a ver el micro: tiras hablando con la gente, esculcando a los hombres, preguntando, interrogando al chofi. Yo me hago el dormido de nuevo. Avance plis, digo al taxista. Él con cara de si como ordena paga, pus órale.

Vamos hechos la cochinilla otra vez por Insurgentes, rayando llanta sobre el pavimento y en eso ¡Ánimas del purgatorio! De nuevo el chillido alerta de una sirena. De seguro la patrulla, de seguro los polis, de seguro los gendarmes avisados por los guardias de la tienda: ¡Santo llamando a Blue, Santo llamando a Blue! De seguro el mundo entero me sigue, de seguro el presi de Estados Unidos quiere invadir México, bombardear Insurgentes, buscar al terrorista disfrazado de estudiante, de seguro los marines, los cascos azules, los tiros, los golpes, los cachazos de los judiciales. El tehuacanazo con dos hielos si es tan amable. ¡Virgen de los desamparados!

Y yo más dormido, yo más roncado, yo babeando. Y el ruido crece, la sirena se acerca más y más. ¡Ya valí!

Y entonces, sólo entonces abro, mínimo, un ojo. Es una pinche ambulancia que corre, corre y se va. No la chinguen, pónganles otro sonido, no el mismo de las patrullas. Ya ni la amuelan. ¿Qué culpa tenemos los culpables?

Llegamos a un semáforo. Volteo. Nada de patrulla, nada de micro, nada de sonidos angustiantes. Estados Unidos ya no quiere invadir México. ¡Gringos ojetes detengan los cohetes! Déjeme en la esquina, por favor. Pago, espéreme tantito, pinche billete si aquí lo traía. Y el chofer con cara de asesino. Y el chofer con cara de terrorista. Y el chofer con cara de ya valiste, por qué demonios tomas taxi si no traes para pagar. Y permítame tantito. Si yo aquí lo traía. ¿Me habrán robado? Y el pinche taxista pinche chamaco cabrón, págame. Y yo, hay Diosito santo. Encuentro monedas, las junto, las cuento, las vuelvo a contar, las requetecontracuento y nanay, no alcanza. No me alcanza. ¡Chinga tu madre!, pues ya págame con eso, pendejo. Debería de llamar a los tiras. Yo: aquí tiene buen hombre, es usted todo un caballero, la patria requiere de más gente de su nivel moral. Él: ya llégale pinche escuincle mocoso… Oye, ¿pero que trancita? ¿Por qué no me pagas mejor con ese librito? —A la mujer desnuda de la portada el chofi la interpreta de la peor manera—. ¡Pus se ve que está rebueno! ¿no? Yo indignado, enojado, violento, retobando: ¿Qué pasó? ¡No me chingue, mi jefe! Si es para una tarea de la Universidad. Oh, pus entonces ya llégale a la chingada.

Y apenas bajo del taxi, apenas desciendo del volcho, apenas desmonto de Ayo silver, y otra vez ya están las sirenas y las luces rojas y azules y otra vez el sonido de ay güey, córrele que te alcanzan. ¡Cuídate Juan que ya por ahi te andan licando, son muchos tiras no te vayan a apañar! Y otra vez, y otra vez… una chingada ambulancia. ¡Loado sea el Santísimo! Uno no gana para sustos, y todo por este bendito libro.

Desde entonces, como dice el poeta, "ya no le hago al vicio". Nada de tiendas de autoservicio, nada de eso. Ora sí a leer el librito, a leer, papá, y véngase mi Perlita, y qué le pasó a la buena de Alfonsina Storni, ¿Te vas Alfonsina, con tu soledad?, qué le pasó a Violeta Parra, a ver, a ver, ahora sí, a leer corazoncito…

SANGRE, SUDOR Y JÍCAMAS

Para Omar Ruiz

I

La trajeron de Hidalgo con un peso desorbitante de dos kilos trescientos gramos, lo que rebasaba cualquier expectativa de venta, así que doña Evodia prefirió regalarla a la madre de Martín, sin saber que con aquel presente daba inicio la desgracia.

Como todos los días, doña Isidra fue temprano al mercado: compró aquí, regateó allá y maguyó esto y lo otro. Cuando comprobó que las monedas que enfriaban su seno dentro del monedero ya eran escasas, decidió regresar a casa con una buena despensa. Ahí fue cuando Evodia le regaló la jícama. Su puesto estaba al inicio del mercado, o al final, dependiendo por el lado que se entre. Así, cuando la mamá de Martín se retiraba, Evodia gritó con su excelente voz de placera:

—¡Esa, mi Isidra, una jícama para el Martín!

Isidra se volvió con una sonrisa en el rostro. Las jícamas eran la delicia de su hijo, un mozalbete que a los veinte años de edad aún no acertaba a decidir qué demonios hacer con su vida. Motivo por el que se pasaba día tras día en casa viendo televisión, comprando cervezas y escapándose por las noches para ir a bailar.

Cuando estuvo lo suficientemente cerca y vio a Evodia con la mano extendida ofreciéndole el tubérculo inmenso, la sonrisa desapareció de sus labios.

—Caray, no me alcanza para comprar eso –dijo, señalando la jícama.

—Es para el Martín –contestó Evodia. Y al pronunciar "Martín" un brillo centelleó en sus ojos. Ella era una profunda conocedora de las preferencias del muchacho, pero no era como para empezar a comentársela a su madre—. Es la jícama más grande que he visto. Pensé que era coco y me salió jícama. Llévesela a su chavo, le va a gustar. Además, algo como esto, pus no tiene precio.

Isidra se tragó el orgullo de más de veinte años viviendo en el barrio, entre gente que siempre consideró inferior y que, a su vez, la veían como una riquita venida a menos, por culpa de un amante que le falló a la hora del embarazo y que se volvió a enamorar de su esposa cuando ésta lo amenazó con el escándalo del siglo si no dejaba de andarle haciendo el amor a la Isidra. El amante tomó bártulos, esposa y dinero y se largó a Guadalajara desde donde nunca le envió otra cosa que un montón de desprecio.

Entre clienta y vendedora existía una sincera amistad nacida del kilo diario de legumbre, medio de huevo y tres cuartos de azúcar, claro, sin faltar una jícama "aunque sea una de estas chiquitas, pa´ que se la lleve al buen Martín." Pero recibir una jícama de dos kilos trescientos gramos rebasaba el nivel de la amistad y rayaba en la compasión. Por eso Isidra sacó fuerza y monedero de su pecho y dejó como no queriendo las pocas monedas que le quedaban, que de haber sido necesario no hubieran pagado ni la rebanada con limón, chile y sal que venden a la salida de las escuelas.

II

—Mira lo que te conseguí –mostró orgullosa.

Martín, decepcionado de sus veinte años de vida paria, separó la vista de la televisión sólo para contemplar sin asombro los ojos de su madre, pero instintivamente supo que había una sorpresa. La vieja del mercado siempre le mandaba algo por aquello de que "al hombre por el estómago se le conquista". Así que desvió la mirada de los ojos de Isidra y pasó al brazo alargado que mostraba una jícama demencialmente grande.

En un inusitado acto de convivencia familiar, Martín apagó la televisión (cosa que no hacía ni para dormir), prestó atención a su madre, o mejor dicho a la jícama, y tras un minuto de sorpresa se abalanzó sobre esta última.

—Deja que la lave y ahorita te la rebano –dijo ella al ver que el muchacho se disponía a comérsela sin decir agua va.

Martín miró a su mamá con cara de qué te pasa, estás loca o qué (ya ve como son los muchachos de ahora) y después de intimidarla (qué sería una juventud sin impulsos), le arrancó la jícama y se quedó contemplando su hermoso tesoro. Se trataba de una esfera café y velluda primorosamente exagerada. Apenas estuvo en sus manos, tanto el joven como Isidra no le auguraron larga vida más allá del tiempo que costara hincarle el diente. "Unos veinte minutos", pensó ella. "En diez minutitos", exclamó él.

El mozalbete regresó al sillón donde solía pasar todas las horas de su vida. Con un viejo cuchillo cortó dificultosamente los extremos a la jícama. Era tan hábil en cuestiones manuales, que apenas en este paso casi muere al tasajearse la garganta; sin embargo, sólo se rebanó las yemas de dos dedos y ello dio pie a que se quitara unos pellejitos que tenía en varios más. Después, concentrado ya en las inquietudes de su panza, comenzó a quitarle la cáscara suave aunque bien pegadita.

Isidra acercó limones, salero y un plato hondo para que las cáscaras no corrieran la misma suerte que los cascos de cerveza que se embutía diariamente su pimpollo: ser aventados, ahí donde caigan.

Transformado y en un hecho sin precedentes, Martín se levantó y tiró los trozos resquebrajados de cáscara en el bote de basura de la cocina. Su madre, que se afanaba en preparar la comida, miró sorprendida los buenos modales que genera en un hombre una jícama de enormes proporciones y pasta jugosa. A Isidra la palabra "jugosa" le hacía recordar invariablemente a su amante, a la fruta carnosa que a él más le gustaba acariciar. Sonreiría después ante la comparación de una jícama con su propia nalga derecha. En fin, que así nacen las metáforas.

Martín limpió el plato y lo llevó de nuevo al sillón, pero al comprobar que entre los resortes botados y los hilos roídos era fácil que su trofeo de joven hambriento rodara por el suelo, se dirigió a la mesa donde depositó plato y cuchillo. Partió un limón, lo exprimió contra la circunferencia blanca y después lo pasó sobre el filo del cuchillo a fin de extraerle hasta sus últimas gotitas. Ríos verdes y salados escurrieron desde sus manos. Su madre dejó un instante el asador y contempló el final del rito. Una fuga de gas en la estufa hizo más denso el ambiente.

III

En un acto más de lujuria que de gula, el joven encajó mirada, saliva y dientes en la primera tarascada. La jícama salpicó un poco de jugo en la camisa gris del muchacho y se dejó morir tranquila, aunque no resignada. Resultó más dura de lo que él imaginó.

—Será mejor que la rebanes –Insistió su madre. Cuando Martín volteó a verla retobado, su progenitora comprendió que su aportación al rito había concluido. Se trataba ahora de un capricho, de un cómo que a rebanadas, a dentelladas te voy a tragar. Exprimió otro limón. Nueva rociadita de sal, quitar los huesitos del limón y nuevas mordidas, nuevas salpicaduras y más placer. Martín sintió un suave estertor en el vientre pero siguió masticando.

Su boca absorbía lo ácido del limón, lo punzante de la sal. Tras doce mordidas y un cuarto de jícama extinta, ya sus dedos temblaban por el ardor en las yemas vivas, aunado a que sus labios evidenciaban las hendiduras de la resequedad y uno de los dientes frontales comenzó a temblar. Pero no se inmutó.

Avanzada la pelea, cuando Martín llevaba devorada la mitad del tubérculo y su nariz sudaba abundantemente, una fuerte mordida en el interior de su mejilla hizo que gritara de dolor. Su madre —que no necesitaba de mucho viento para agitarse— al oír las guturaciones de su hijo, entrecerró los ojos ante el recuerdo de otros gritos de mayor intensidad pero de igual placer.

Martín dejó escurrir las primeras gotas de sudor. Clavado entre los dientes sentía el grueso vello de la jícama y comenzó a observar rastros rojizos que dejaban sus labios resecos, sus encías lastimadas y las yemas rojas de sus dedos sobre la superficie húmeda. Pero tampoco dio importancia. La contusión por la mordida en el cachete y los pellejitos de sus dedos hacían más grata, más dolorosa la angustia a cada mordida. Fue entonces que se decidió ponerle chile al asunto. El polvillo rojo del piquín se unió a la fiesta.

IV

Toda la humanidad de Martín gritó por tercera ocasión y su madre ya no soportó ni un quejido más. Apartó la mano derecha de las hornillas calientes, la bajó a la altura de sus muslos y la perdió debajo del mandil deshilachado. Sus ojos miraron el techo.

Ya no le importaba el dolor del estómago, el sudor en la sien o el temblor de sus manos. Ni siquiera daba importancia a las huellas de sangre que dejaban sus labios a cada mordida. Sólo alcanzó a percibir cómo dentro de su boca, en una dentellada feroz, un diente se despostilló y fue masticado por sus compañeros y tragado junto con pedazos de jícama roja.

Isidra, desde lejos, al oír los gritos de Martín comenzó a emitir los propios, mientras una mano se afanaba entre sus piernas y la otra trataba de asirse a cualquier mueble. Cuando pudo abrir los ojos, los tenía en blanco; cuando pudo cerrar las piernas, las tenía húmedas.

Martín abría cada vez más los ojos inyectados al comprobar que la jícama no desaparecía ante sus embates. Con coraje apenas contenido reconoció que no había más que una alternativa: desgajar, morder, tragar. Clavó férreamente los colmillos en la capa blanca, pero a cada mordida sus dientes se encontraban con una pared fuerte y resistente.

La sangre comenzó a escurrir desde la comisura de sus labios entremezclada con baba y limón y descendió hasta el cuello. Poco a poco su camisa dejó de ser gris y se transformó en un trapo rojo, primero por un par de gotitas, salpicaduras apenas, pero enseguida la sangre ganó terreno, se combinó con chile y jugo, y el pecho quedó convertido entonces en una gran masa sanguinolenta.

También pequeñas gotas, aunque éstas sin sangre, caían a los pies de la mamá de Martín, quien gemía y se convulsionaba. El sudor le había ganado senos y nalgas y su cadera vibrante seguía agitándose sobre su mano. Una indefinible felicidad se acercaba hasta su vientre. Todo lo evidenciaba. Así, cuando Martín comenzó a gimotear, ya su madre se revolcaba de placer, emitiendo gritos entrecortados.

¡Isidra!, ¡Isidra!, gritó él, y ella ya no supo nada de este mundo. Se hincó en el suelo, introdujo todo lo que pudo los dedos en su entrepierna y emitió el grito más agudo de la tarde. Comenzaba a reclinarse en el suelo de la cocina, cuando Martín, casi sin sentido, soltó la jícama y se agarró con las dos manos el vientre convulsionado. Cuando Isidra quedó sentada sobre el piso, Martín se dobló de dolor.

V

"Todavía no", sentenció. Se arrastró hasta el sillón y tomó lo último que quedaba en el casco de cerveza. Por fin su garganta sentía un ardor diferente. Martín cerró los ojos y dos lágrimas se deslizaron por sus mejillas. Alzó los párpados, volteó hacia la mesa y miró a la jícama que había adquirido un tono naranja por la sangre que salía de sus yemas rebanadas. Aventó con odio la botella hacia la cocina y se enderezó con dirección a la jícama que hasta ese momento parecía triunfante.

"Todavía no", susurró. Se arrastró hacia el mueble que estaba a su lado, se enderezó, lenta, y tomó un vaso con agua. Isidra aún se refrescaba cuando entró al piso de la cocina una botella de cerveza vacía que rodó hasta sus pies. Miró un momento el cuello de la botella, lo tomó con ambas manos y, asombrada, comprobó que no estaba frío, sino tibiamente seductor; así que se sentó al lado del mueble con las nalgas contra el piso, abrió de nuevo sus piernas y alzó el mandil; el cuello de la botella fue acercado poco a poco pero con decisión. Su estómago comenzó a temblar.

Una extraña excitación agitaba sus intestinos, mientras el cierre de su pantalón se estiraba considerablemente y su trasero dejaba escapar una ventosidad tóxica y pestilente. Martín volvió a la carga en su lucha a muerte. El último round llegaba a su fin.

Su madre supo entonces lo que significa la expresión de pasar por el cuello de una botella. Un olor ácido le picó las narices, se le pegó entre la ropa y comenzó a flotar entre el sueño y la vigilia. El olor de la comida que preparaba se sintió cohibido ante tanta afrenta y como única protesta dejó escapar el silbido de la olla de presión. Cada vez más fuerte, cada vez más agudo.

En el último instante, Martín supo que sería derrotado por los dos kilos trescientos gramos de jícama. Pero ni así se detuvo. Regresó a las mordidas desaforadas, sus ojos se hincharon y un mareo le inundó la cabeza. Apretó con rabia manos y dientes. El sudor le ganó la espalda y las axilas, mientras la jícama seguía defendiéndose con todas sus fuerzas.

Una sonrisa le fue alargando los labios, mientras sus piernas se abrían en un compás exagerado tratando de tragarse toda la botella.

Los labios se curveaban en una sonrisa estúpida, mientras el estómago continuaba agitándose al digerir.

Sabía que ya no podría aguantar mucho; o la jícama o él. Pero de pronto sintió que algo se resquebrajaba en su interior, sintió que uno de sus intestinos se ahorcaba en un nudo ciego, se inflamó ostensiblemente por encima del ombligo y se trozó en mil trescientos veinticuatro cachitos.

Dolores, ardores, punzadas.

Todo su vientre era una hinchazón tremenda. Al sentirse por fin vencido, tomó la parte de jícama que aún se agitaba entre sus manos y la arrojó con todas sus fuerzas contra la pantalla del televisor. ¡Puac! Se levantó cuan alto era, sintió un último tirón en el abdomen, y sus piernas vencidas por el peso de su humanidad se derrumbaron enseguida. Aún en ese momento en que viajaba a toda velocidad hacia el suelo, Martín no supo si era dolor o placer aquello que crecía como un agujero negro en su estómago.

En el mismo instante en que la pantalla del televisor explotó en miles de vidriecillos fosforescentes, la botella hizo lo propio y los ojos de Isidra, antes entrecerrados, se abrieron inexpresivos, angustiantes, y enseguida se arrasaron en lágrimas desesperadas. Un tinte rojo comenzó a bañarle las piernas.

Ya en el suelo miró hacia la cocina y se quedó contemplando un cuadro patético. Su madre estaba también en el suelo, doblada sobre su vientre. No supo a ciencia cierta si la espuma que le inundó la vista provenía de la entrepierna de Isidra o de su propia boca.

No pudo sino contemplar a su hijo derruido en el piso del comedor, con los ojos mirando al infinito y sangre cubriéndole boca, pecho y el cuerpo todo.

Mientras, en el centro justo del televisor, el arma asesina contemplaba su triunfo. Creyó intuir el final: ver a doña Isidra venir corriendo, mirar a su hijo muerto, derrotado, arrancarse los cabellos y emitir un grito agudo que le duraría toda la existencia. Hasta creyó adivinar que un día después, aún con el luto en el cuerpo, doña Evodia sería detenida por el regalo del arma homicida y acusada de la indigestión triple en la panza del tragón de Martín.

Pero el final fue muy diferente. Cuando madre e hijo desfallecían en el suelo, la olla de presión lanzó un chillido frenético, acompasado por la presencia del fuego, las chispas del televisor y una fuga de gas en la estufa. La presión primero y el calor contenido después, hicieron el resto. Así, doña Isidra salvó el honor y Martín escapó de la burla y el escarnio público ante el desastre horrendo que fue la explosión de su casa. Eso sí, ninguno salvó la vida, ni siquiera, claro está, la jícama asesina.

¿QUÉ TE HA DICHO
LA GÜERA?

Para Araceli Rivera

—¿Qué te ha dicho *La güera*? -Gritó la mujer que nadie sabía su nombre, mientras sostenía al jovencito de los cabellos y lo agitaba cual maraca en carnaval.

El joven tenía los ojos llorosos, los pelos revueltos, la camisa reventada por el cuello y sucia a más no poder. Se limpió los mocos y en ese justo instante en que la mujer que nadie sabía su nombre le gritó aquella sentencia, se quedó estático mirando al infinito. Una regresión fulgurante vino a su mente.

Recordó la vez que una niña lo agarró del cuello y lo zarandeó al grito de ¿Y tú quién eres para pegarle a mi hermanito? Recordó además como, a los cinco años de edad, una niña de ocho alzaba su juguete preferido al grito canturreado de ¡A ver, alcánzalo! Mientras él, enfurecido, lloraba y gritaba que le devolviera su carrito. Recordó además cuando sus amigos lo habían cotorreado, cuando sus enemigos lo habían vapuleado, y todo cuanto había sufrido de humillaciones, coscorrones, pellizcos y patadas. Todo fue un alarido inmenso que creció desde la base del estómago y que hizo explosión primero en su cerebro, después en su vista nublada y finalmente en sus puños, primero engarruñados, y ahora dispuestos a la pelea.

Al grito de ¿Qué te ha dicho *La güera*?, el pequeño recordó las veces que su tía lo zarandeaba como ahora lo hacía la seño que nadie sabía su nombre y cómo le gritaba ¡pégales, hasta que revienten. No te dejes. Rájales la cara, hasta que chillen!, y terminaba la explosión eufórica poniendo el puño en alto después de haberlo dejado ir en un gancho al hígado imaginario, arrugar la nariz y apretar el entrecejo.

El ahora casi adolescente tenía diez años, y eran muchos años los que habían pasado desde que su tía lo educara debido a que sus padres trabajaban. Unos y otros habían establecido el código secreto de oye, no te puedo decir enfrente de los otros niños que no te dejes, que les pegues, que no permitas que nadie te golpeé, mira que ahí están sus padres o ellos mismos. La clave era: ¿Qué te ha dicho *La güera*? Al principio el niño no carburaba: ¿Qué me porte bien?, contestaba cuando ya tenía el ojo moreteado, la nariz de coli-

flor y las orejas rojas de tanto mandarriazo y cacheta-
da guajolotera. Pero bastaba recordar a *La güera* jalo-
neándolo, comprándole un monigote de plástico de
esos que golpeas y golpeas y siempre se incorpora a
su posición vertical para seguir siendo golpeado. O
cómo su padre le decía: ve la película de *Rocky*, mira,
ese negro le quitó su carrito y Rocky que no se deja,
mira que molonquiza le está arrimando, y así poco a
poco el niño aprendió a descifrar la clave. Pero como
generalmente se la decían cuando el contrincante ya
se había levantado victorioso y se había retirado del
campo de batalla, el pequeño se abalanzaba sobre
cualquier otro niño, a quien se surtía bien y bonito, a
ese pobre pequeño que ni la debía ni la temía.

Pero ahora era distinto. El niño había sido sorpren-
dido por la ñora que nadie conoce su nombre justo
cuando lo estaban molonqueando y cuando el rival
todavía estaba en pie y se reía escandalosa, estrepito-
sa y gandallamente de él que estaba derribado por los
suelos. Así fue como la camarada que nadie sabe su
nombre le pescaba de la greña, le infringía unos jalo-
neos peores que los del otro joven que le pegaba, y
gritaba para que la oyera quien quisiera: ¿qué te ha
dicho *La güera*?

Fue entonces que el joven reaccionó a tiempo contra el rival aún enhiesto en el centro del ring de la vida
y con la campanada del nuevo asalto, una vez recibida

la terapeada del entrenador que le hacía esquina, el joven se levantó hecho un volcán. Se limpió mocos con sangre, boca con baba, lágrimas con mugre y levantó por fin las manos como *La güera* le indicara en sus múltiples enseñanzas de sparring.

El joven se abalanzó directo contra el agresor. Si bien el primer golpe falló, pues el gandul era eso, un gandul gandallón y picudo que se había forjado en la larga senda de los madrazos, las mordidas, los arañazos y los escupitajos, el joven volvió a lanzar otro golpe, otra patada, otro cabezazo y otro aventón, pero a todos el picudo respondía esquivando, cabeceando y contraatacando, de tal manera que el joven no fue de nuevo al suelo por una o dos veces, sino por cuatro y hasta cinco ocasiones más. A cada nueva caída, la ruca que nadie sabe her name, lo atajaba por las greñas y vas de nuez a la tunda y a la madriza y de nuevo el grito revelador: ¿Qué te ha dicho *La güera*?

Cuando el joven comprendió que eran más rudas las jaladas de melena y las humillaciones de la vieja que nadie conoce su apelativo que los trancazos del gandul, hizo lo que *La güera* señalara como el golpe final de sus enseñanzas: el gancho al hígado, directo, fuerte, macizo. Y ahí fue donde el gandul pasado de lanza no pudo ni esquivar, ni parar, ni bloquear el golpe y se dobló sobre su hígado al grito de: ¡No mamés, cabrón! Pero ya el joven no cabía de alegría, por fin lograba dar un carambazo, por fin se tupía de lo lindo a alguien y entonces ya no se pudo contener, se le fue encima con mordida, patada, rasguño, bofetada y trompón, a lo que el rival más temido se fue de hocico y quedó hecho una caca sobre la banqueta. El joven volteó a mirar a la vieja que nadie sabe su condenado nombre, pero todo lo que pudiera decirle la mujer quedó en nada porque ya el gandul se le había ido encima asestándole una tacleada que lo hizo caer abrazado del gandallita cabresto. Pero el joven ya había vencido sus miedos, ya le había partido la madre al destino, había quebrantado el orgullo de cuanta villanía le habían aplicado y le había rajado por fin el hocico a las jugarretas cruentas del destino, por lo que el pinche sopapo del gandul y su respectiva caída sobre el pavimento no era sino un pinche jueguito de canicas en comparación con lo que *La güera* había hecho de él. Un samurai, no de la canción, sino de la tranquiza, abrazado como cayó al suelo, aprovechó para dar más mandobles, ganchos, picada de ojos, retorcida de nariz, jalada de orejas, mordida de frente, rasguño traicionero, patín ahí en donde te conté y zarpazo en la panza, por lo que el gandul no fue vencido, pero estuvo a dos escupitajos y medio de serlo, y no fue dejado en el suelo sangrante y adormecido, pero sí dejado como el caballo blanco con todo el hocico sangrado y por poco lo dejan hecho una miercoledi, si no salen sus guaruras al paso, lo levantan maltrecho y al grito de ya estuvo, ya estuvo, se van a romper las medias… le hicieron el quite y se lo llevaron a su esquina que causalmente era la esquina de la calle. El joven había triunfado, el gandul fue primero abrazado, luego cargado y finalmente trasladado, por lo que rindió plaza y se fue sin hacerla más de jamón.

Al día siguiente el joven llevaba rasguños hechos costra, rasguños aún vivos y rojitos, ojo color moronga y una venda discreta en la muñeca derecha. Pero el gandalla gandul mezquino y pérfido llevaba dos cachitos de cinta adhesiva blanca en la ceja derecha, cojeaba visiblemente al caminar y tenía, sobre todo, un genio de los diez mil marranos. Desde entonces seré respetado, pensaba el jovencito, aunque sus compañeritos sin decirlo, sin mencionarlo abiertamente, comentarían entre ellos, pero qué señora madriza, pero cuánto mole se sacaron, pero qué chingadazos se ponían, viste cómo se le fue pa´ lante, como lo surtió de rico, pero que desgreñada se arrimaron, pero que chula madrina se acomodaron, pero con que gusto se partieron su mandarina en gajos, qué bonito es lo bonito, hace un chorrro que no veía una cuarteadura de madre como esa, pero es que se dieron hasta por debajo de la lengua. Así pues, aunque hubo golpes de ambos lados y uno y otro contrincante mostraban huellas de la pelea, el joven fue quien sacó la mejor parte; había hecho suyas las enseñanzas de su sparring, había asimilado todas las zarandeadas pa´ ca y pa´ ya y había convertido en sangre todos aquellos gritos de: rájale el hocico, no te dejes, ¡hasta que chille!

La mujer que nadie, pero nadie, nadie, nadie, sabía su nombre, antes de alejarse y dejar al muchacho de pie en medio del ring callejero, sonrió y murmuró para sus adentros: ¡Eso, cabrón! El joven sonreiría una y mil veces más, rumiando: pus cómo que no, hijo de la guayaba. Los camaradas, metiches y demás compañeros de clase destacarían: en la madre, y quién lo viera con esa cara. Y el tamaño gandul sentenciaría: Este cabrón, hasta para cuate me gustó. Y todo esto, claro está, debido a como le gritaron siempre sus queridos ancestros: ¿Pero qué te ha dicho *La güera*?

III
SUDOR

...no hay caso. Nosotros,
los artistas, en la sociedad actual,
no somos más que cántaros quebrados.
Vicent Van Gogh

ADORAMOS DIOSES
DIFERENTES

Para Conrado Góngora

Cuando volví a encontrarlo ya era otro. Ya no lucía el traje elegante, y la loción que lo caracterizara y con la que poblaba su espacio había sido sustituida por un olor rancio a sudor y mugre. Su cabello era un desorden con canas ganándole las sienes.

Nos citamos en una cafetería por los rumbos del sur. Tenía libros frente a él, enmarcándolo; le pregunté por Carolina, por él mismo, por su viaje, en fin, recorrimos la senda de las preguntas obvias y las respuestas repetidas. Comentó que seguía en lo que calificaba como suyo: escribiendo y tratando de sobrevivir. Sus ojos cobraban nuevos brillos apenas regresaba a los temas que le obsesionaban. Le pedí que fuéramos a algún otro sitio donde pudiéramos tomar una copa, y enseguida, sonriente, propuso una cantina aún más al sur.

Al salir al frío de la tarde pude ver la suela de sus zapatos –ya se sabe que es ahí donde se refleja la economía—. Ariel tenía un profuso círculo en medio de la suela de su zapato derecho. Si bien no era un agujero, era su antecedente inmediato.

Comentó que no traía dinero y, si yo pagaba, me lo repondría después. Respondí que era yo quien invitaba. A Ariel le incomodaba que supiera que andaba mal económicamente. Es cierto que lo conocí con auto de lujo, trajes cortados a la medida y bastante dinero, pero seguía siendo el mismo amigo que tanto quería.

Llegamos a la cantina donde se notaba que era asiduo visitante. Ariel pidió el tequila de rigor.

Me preguntó por su secretaria, por el jefe de servicios administrativos, por la amiga aquella que lo había traicionado impunemente cuando él, ante la sorpresa de todos, nos comunicó que acababa de entregar su renuncia al director y que los que formábamos parte de su equipo de trabajo quedábamos a la deriva, hechos unos tontos.

Traté de no regresar al tema. Le oculté lo que se había comentado entonces, que lo habían atacado, ofendido, que se habían burlado de su decisión. Por el contrario, dije que todos estábamos bien, que sobrevivíamos, y le solté a bocajarro que acababan de nombrarme para el cargo que él ocupara. Quise ver su reacción, conocer su respuesta; pero no dio tiempo, se levantó enseguida y me dio un abrazo. Nuevamente, de manera socavada, me encargó a su secretaria y al jefe de servicios administrativos. Sonreí y le dije que no se preocupara, que todos éramos parte del mismo equipo.

El tequila vino y se fue en varios vasos. Ariel lucía alegre y yo estaba realmente mareado. El sonido de la rocola dio paso a lentas y absurdas confesiones: que lo extrañaba un chingo, que estaba nervioso por el nombramiento y que me habían pedido que lo buscara para pedir su respaldo. Ariel sonrío.

Conforme el tequila fue ganando voluntades, el tema de la oficina murió desgastado. Mi vanidad poco a poco se fue ampliando y llegó a ser de una soberbia exquisita. Fue entonces que intenté asomarme a su intimidad. La amistad y el apoyo habían quedado ya seguros en los semblantes.

—Dime, Ariel, ¿por qué renunciaste? Pero no me digas eso de que te peleaste con el director. ¿Qué pasó?

—Ya te dije, discutimos.

—Por favor, sé que hay algo más. Mira, voy a asumir tu puesto y necesito saberlo.

Se mostró reticente. Finalmente, tras litros de tequila, salimos rebotando del lugar. Subimos a mi carro y le pedí que me permitiera llevarlo a su casa. Accedió y marchamos nuevamente aún más al sur. En el camino, insistí por última vez.

—¿Fue para escribir?

Él guardó silencio. Supe entonces que no me había equivocado.

Llegamos a su casa, y comentó, Carolina no está pero, si quieres, podemos entrar y seguir tomando. Era la oportunidad que esperaba.

Con tono quebrado, volvió a repetir aquello de todo está un poco tirado y no te fijes. Pero apenas entramos a su casa, fue evidente que hacía muchos meses no había una mujer ahí. Mesa y sillones no lucían el brillo y elegancia que habían distinguido las reuniones de Ariel. La alfombra estaba rota en varios sitios. Él reiteró el no hagas caso, no te fijes. Y pasamos a su estudio.

Lo que antes fueran libros ordenados, ahora estaban en el suelo, apilados en montones unos, otros colocados sobre su escritorio hechos un pilar, un fuerte, una trinchera. Quitó los que tenía sobre la silla y pudimos acomodarnos. Sacó una botella de tequila y dos vasos sucios. Los sirvió hasta el borde y reiniciamos la conversión.

"Me está llevando el carajo", disparó. Su rostro era el de un animal desorientado.

"Y todo lo soporto. Pero Carolina se largó hace meses. Y yo la extraño, la extraño como a un demonio… Pero hablemos del trabajo, que es lo que te importa. Renuncié, renuncié porque dejé de creer". Retomó.

—No entiendo; la burocracia, supongo...

"No, no era sólo el ambiente. ¿Te acuerdas que cuando estaba por ir a las conferencias te dije que ya no aguantaba más? Pues apenas salí de México, de entrada, pude dormir. No sabes cuántas noches había pasado sin conciliar el sueño por ver que no faltara nada en las exposiciones. Pero apenas subí al avión, vi el cielo y comencé a quedarme dormido. Voltee a ver a Carolina y también ella dormía. Yo le estaba destrozando la vida con ese ritmo de acelere y locura.

"Después, di la primera exposición en Mallorca, una isla que hay que olerla, caminarla, para que sepas de qué hablamos. Después seguí a las conferencias en Madrid y finalmente a Roma. Y yo todavía quería seguir acelerado, ir del auditorio al hotel, mandar mi reporte y seguir con ese mismo ritmo de locura. Pero cuando me invitaron a Suiza, a los Alpes, a mí de principio me dio igual, pero Carolina se entusiasmó. Yo no podía sino pensar en viáticos y en la comprobación de gastos. Tú sabes lo que es aquello.

"En fin, fuimos a Suiza. Llegamos a un pueblo frío, helado, donde venden unos panes duros, inexplicablemente duros y sabrosos. Montamos al tren que sube a la parte más alta de los Alpes, y comencé a ver cómo nevaba. La nieve caía en finos copos que volaban alrededor del tren. Había cierta tranquilidad, cierta paz que me encantó. Cuando llegamos a una de las cimas, Carolina bajó del tren de un saltó y se enterró en la nieve hasta los muslos. Yo bajé con miedo. Nunca había visto algo así. Corrimos y nos aventamos nieve en la cara como dos chiquillos locos de alegría. No puedes imaginar el rostro de felicidad de Carolina aventando bolas de nieve, abriéndome la chamarra para embarrarme sus guantesitos fríos. Estábamos hechos unos tontos.

"De pronto, en silencio, pasaron las nubes por nuestro cuerpo, dejándonos empapados con la brisa de las montañas y en medio de la bruma apareció, prodigioso, fulgurante, el sol. Fue como ver el universo. Era un milagro que después de la llovizna y la nevada, después de la bruma y las nubes que no te dejan ver nada, haya aparecido el sol en pleno, al centro justo del cielo. Y lo mejor, vi la luz del sol reflejada en la nieve, una luz que llega a cegar de tan radiante. Una luz que traspasa el cuerpo, que atraviesa el alma, que la sientes en las sienes, en los dedos y en los dientes, en el rostro de Carolina y en el aire que hacía volar los cabellitos que se le escapaban por debajo de la gorra. Sientes incluso que esa luz, de tan intensa, es algo más que luz: es una fuerza, una energía, algo que no se puede explicar. Y entonces pensé que esa irradiación, esa luminosidad, tan llena de energía y vibración, pensé, ríete, que era Dios.

"Tú me conoces. Tú y yo no hubiéramos podido llegar hasta donde hemos llegado pensando en veladoras e incienso. Una vez nos llamamos agnósticos, ¿recuerdas? Hemos leído, criticado, analizado, y no nos es fácil decir que Dios existe y que está omnipresente castigando pecadores y ayudando a los afligidos. Por lo menos a mí me cuesta. Pero estando allá arriba, encaramado en las nubes, sintiendo la brisa, enterrándome en ese frío insólito y sintiendo toda esa luz transfigurando mi cuerpo, me dije secretamente: esto es Dios. De algún modo, de alguna manera, esto es Dios. Y sentí que Dios, alegre, jugaba conmigo; me tocaba, me daba aliento, me prodigaba vida, vida y fuerza, toda la fuerza que siempre necesité para mandar de una vez y por siempre todo al demonio, para decirle de una puta vez a la vida que se fuera a la chingada, que estaba harto de seguir sus reglas. Que lo único que yo quería en este mundo era escribir, ser escritor, pero no un escritor de fines de semana, días conmemorativos, fiestas de guardar, no. Yo quería ser un pinche escritor de miedo. De esos que cambian la vida a cualquiera con sólo un par de hojas, de esos que lees una vez y terminas dejándolos en cualquier estante de puro miedo a que te cambien la existencia, que te desmadren la vida.

"Y agarré una roca…"

Ariel extendió el brazo por encima de sus legajos y atrajo hacia mí una piedra plateada.

"Agarré esta piedra y escribí con ella en la nieve la frase: 'Lo juro'. ¿Sabes lo que significó aquello? Fue el acto más importante. Fue decirle al mundo: te vas a la mierda, cabrón, yo hago mi mundo, yo creo sólo en mí, y ya te jodiste. Fue tomar las riendas de mi destino y romperme la madre contra los despeñaderos y jurar que regresaría y renunciaría y que no habría fuerza humana capaz de volverme a la cordura, que nada podía valer la pena si no cumplía mi sueño, si no me volvía loco de tanta felicidad.

"A partir de ahí, le dije a Carolina: se acabó. Regresamos a México y que chingue a su burócrata madre el trabajo. Que se vayan todos al demonio, que me hunda yo en esto, que me muera de hambre, que pierda casa, trabajo, carro, todo, pero se acabó, no regreso a seguir repitiendo el mismo esquema, para estar imbuido en traje y corbata. ¡Ya! …Y me traje esta piedra que formó parte de los Alpes y que tengo aquí, aquí. Y que siempre que me deprimo porque tengo unas deudas hijas de la chingada, volteo y la veo, pienso en Carolina y en su sonrisa, pienso en mí y en Dios, en un Dios que me confrontó, que me reclamó, que me gritó:"¿Pero qué estás haciendo?, yo te embrujé, te iluminé, te bendije ¿y tú estás preocupándote por conseguir comida cada quince días?"

"Y aquí me tienes, con mi piedrita, mis libros, mi estudio. Y cuando estoy triste, cuando me deprimo, pienso en un Dios hecho luz, en un universo donde estoy y donde existo. Y me imagino que detrás de una de las montañas que conformó esta piedra, ahí, atrás, hay una fuerza que me dice defiende tu vocación, defiéndela sobre todo. Por eso renuncié, porque dejé de creer. Porque me cuestioné todo en un solo reflejo de sol, y tomé la decisión de que mi vida iba a ser otra apenas bajara de los Alpes.

"Y te juro, cabrón, te juro que me está llevando el demonio. Que estoy a punto de perder la casa y mucho, muchísimo más, pero que nunca, óyelo bien, nunca fui tan feliz. Y que no cambiaría tu vida, tu nombramiento, tu estabilidad, por uno solo de los rayos de luz que me alumbran desde aquel día, por uno solo de los destellos de la risa de Dios, por toda esta locura hermosa que cada día me jode y me jode más..."

Lo demás, se sabe. Se quedó callado, recostada la cabeza sobre uno de los libros que había en el escritorio y dejó rodar sobre la alfombra un vaso sucio. Salí del estudio, apagué la luz y antes de abrir la puerta y marcharme para siempre de casa de mi amigo, abrí la cartera de piel. Poco después saldría sin hacer ruido.

EL RESULTADO

Los hombres se tardan, dicen; la mujer se entretiene. El hombre causa impaciencia; la mujer, expectación. Así que si quiere verme que me espere, si no, que se vaya a la mierda. Casi me importa lo mismo.

Octavio me tiene jodida con su mediocridad. Que su vocación pende de un hilo, que a nadie le importa ya la poesía y que no ve para cuando publicar su librito. ¡Estoy harta! El muy jodido se la pasa puliendo, como él dice, sus versos, y entra a uno y otro concurso y siempre gana para puras vergüenzas.

Su vocación no augura nada bueno. Y es que dice que lo único que espera de la vida es tener tiempo para sentarse a escribir y leer. ¡Escribir y leer! Qué pinche vida. ¿Qué futuro es ese? Una planea tener un coche, hijos, dinero. Pero nadie le apuesta al destino para poder sentarse a leer y escribir. ¡Chingá! ¿Pues cómo pensará mantenerme este cabrón? Y es que nada es seguro con él. Llevamos años con esta estúpida relación y no se le ve para cuándo.

Ya ni quiero ver a los amigos. Siempre están fastidiando con que cuándo se casan, que ya llevan muchos años, que a ver si el otro año es el bueno. Y Octavio nada más pone cara larga y regresa a sus comentarios sin fondo sobre los resultados del próximo concurso: ese sí lo ganamos, el libro ha ido madurando y tiene imágenes bien logradas.

Llego al andén y Octavio no está. Bien claro le dije que hasta adelante, del lado que yo vengo, pero no se ve por ningún sitio. No sé qué le pasa. Siempre está como distraído, como que no entiende nada. Y es que es tan extraño. No se puede hablar con él si no es de libros y pendejadas de esas. Cuando no se la pasa leyendo todo el día, está callado, con cara triste y los ojos fijos en no sé qué pensamientos.

Finalmente comienzo a caminar hacia el otro lado. Me parece verlo hasta el final del andén, con su maldito engargolado en las manos y la mirada perdida en el suelo. Conozco ese paradito, conozco el famoso hoy dieron los resultados, mira el periódico, ganó fulano, es aquella persona que te presenté. Y siempre las mismas depresiones, los mismos miedos, la misma maldita jodidez. Y al poco rato, lágrimas en los ojos, y yo ahí de pendeja diciéndole que de seguro el cabrón que ganó le pasó una lana al jurado, que seguramente son amigos, que qué casualidad. Pero no, ya todo el puto día Octavio estará triste, limpiándose los mocos.

Me he detenido para ver si voltea y así no caminar hasta atrás. Pero Octavio no levanta la cabeza. Puedo verlo contemplando el suelo, sosteniendo con una mano el engargolado y con la otra el periódico. Así que ni modo, sigo caminando. Un comboy sale de la estación anterior y avanza. Una mujer sentada en el suelo observa a Octavio y sonríe.

A ver ahora con qué me va a salir: que ya va a pensar lo del trabajo, en meterse en saco y corbata todos los días y que ahora sí le va a echar ganas para ver si nos casamos pronto. Carajo. ¡Pues si esto es la vida! Hay que fletarse, pero en una chamba, no en andar escribiendo pendejadas.

Y es que siempre es lo mismo. Ya antes ha tenido buenos trabajos. Él mismo los consigue. Y empieza muy animoso, le echa ganas y siempre consigue de entrada los ascensos, las promociones y todo pinta de lo mejor. Pero le basta leer alguna reflexión de no sé quién chingados, le basta con asomarse de nuevo a sus libros y comprobar que no tiene tiempo para escribir, y ya todo vale grillo. Y ahí viene de nuevo. No hay argumento que lo convenza, pide su renuncia y pierde de un sólo plumazo todo lo que ha ganado: prestaciones, antigüedad, base ¡Todo! Sus alitas no soportan el encierro.

Sigo caminando. Puedo ver su perfil inclinado. ¡Chingá. Ahora tener que aguantarlo todo el día así! El comboy avanza. La mujer sentada en el suelo sigue contemplándolo.

Y es que es tan extraño. Esa personalidad tan compleja es la que no le permite que avance, que se imponga metas, que tenga dinero y lo invierta en algo productivo. Porque eso sí, apenas tiene dinero, corre a la calle de Donceles y se la pasa todo el maldito día comprando libracos, como él los llama. Se va de cacería, dice. Y cuando se pone así, bueno, hasta a una le da gusto; que se compre sus cositas. Lo cabrón es que nada más compra eso. Pero cuando le digo de una fiestesita, de una cena, un viaje… entonces sí a la chingada. Dice que no es necesario, que no entiendo, que nada de eso importa. Carajo. ¡Cómo podemos seguir todavía juntos! O quiere tiempo para escribir o dinero para casarse. Que elija. Y que elija pronto.

Llego hasta donde está Octavio, me paro frente a él y golpeo impaciente con el pie varias veces el suelo. Él apenas voltea. Te dije que hasta adelante, le grito. Varias personas nos observan. La mujer sentada en el piso no es sino un puto con vestido que nos mira fijamente. Ha de ser todo un cuadro. Yo reclamándole y él casi llorando. Pero no importa. Le digo por no dejar que qué tiene, qué le pasa, aunque conozco de sobra la respuesta. El sonido distante del comboy apenas deja escuchar mi pregunta.

Me mira idiotizado. Vuelvo a repetir que qué tiene. Él levanta el periódico y me lo acerca. Lo desdoblo fingiendo que me interesa; como si no supiera el resultado. Pero antes de que mis ojos encuentren la lista de ganadores, Octavio afirma: ¡Ahora sí gané!

Lo miro azorada, perpleja, no puedo creerlo. Vuelvo a buscar la lista, doy una y dos vueltas al periódico, trato de recordar el monto del premio mientras Octavio vuelve a decir, a gritar: ¡Ahora sí gané!

Y cuando finalmente encuentro los resultados, mis ojos se desesperan por leer el nombre del ganador. Pero Octavio ya no me deja en paz. Sigue gritando ¡Ahora sí gané!, mientras el sonido del comboy sigue creciendo. Más personas nos miran, murmuran. El homosexual se incorpora y camina hacia nosotros.

Y cuando ya estoy a punto de gritar, de saltar, de abrazarlo, mis ojos se detienen en el nombre del ganador y descubro el engaño. Mi mirada se crispa. Volteo para reclamarle, para restregarle en la cara que es un hijo de puta, un mentiroso. Pero Octavio ya no escucha. Únicamente abre la boca y grita con todas sus fuerzas: ¡Ahora sí gané!, ¡ahora sí gané! Y aprieta el engargolado, toma impulso y se arroja sobre el sonido estridente del comboy.

El travesti corre para detenerlo pero no abraza sino al aire. Yo no comprendo nada, hasta que la gente comienza a arremolinarse.

LA RAZA DE HAMLET

Jovanna bajó la vista y se quedó contemplando la duela.

"…Porque quien insiste tiene el tiempo de su parte. No importa si una vez representaron a Hamlet o a Pito Pérez, no importa de qué pasta estén conformados, lo importante, lo único que interesa, es que insistan. El dominio llegará después."

Jovanna seguía con la vista sobre el piso. Pensó en la leyenda de Shakespeare, en su trabajo en las caballerizas, en su amor por acercarse al teatro e ingresar al misterio. Seguía pensando en el dramaturgo, cuando Osvaldo pegó en el suelo y llamó su atención.

"Aquí me ha tocado conocer a excelente actores, de esos que desde que se paran en el escenario sabes que pertenecen a una casta superior. Y sin embargo, a los primeros vaivenes, cuando ven que el candelero no se agita en su camerino, tiran el arpa y salen del charco de luz de los reflectores, descienden de la manera más digna posible del escenario y terminan por concluir que aquello no fue sino una locura de juventud, intento vano, vocación errada. Y salen de bambalinas, tras del cañón de luz y se largan, ariscos, hacia una vida segura y confortable."

Jovanna contemplaba a sus compañeros escuchar a Osvaldo, mientras se dejaba ir hacia otra parte, hacia donde sus sueños de niña habían dirigido sus primeras armas y donde siempre se había estrellado, invariable, contra la imagen de su abuela acaparando la atención del público y de su madre firmando su exclusividad con el consorcio televisivo. Madre y abuela, sombras enormes.

"Pero el tiempo da razón a la terquedad. Repetir cien veces una escena, entrar mil veces en un papel y repetir el sketch y regresar sobre el diálogo y aceptar el comentario del director."

Su abuela murió justo cuando se planeaba rendirle un homenaje nacional. Así de tonta fue su muerte. Su madre había actuado en cuanta telenovela le propusieron y finalmente, en recompensa, le dieron un puesto en el senado. A ella no le quedaba mayor opción que tratar de emular a sus ancestros, arrastrar un apellido más grande que un yugo.

"Y a pesar de todo insistir, estar seguros, rabiosamente convencidos, de que nacieron para representar ese papel…"

Miró las butacas. Su abuela había estado allí. La leyenda de su abuela muerta de hambre que llegó de provincia para conquistar la ciudad. La imagen de la mujer que llenaba carpas y teatros era recordada siempre que le pedían deletrear sus apellidos. Jovanna era entonces lo que exigían los periódicos, las amistades. Era la hija pero, sobre todo, la nieta…

"Y quienes perseveran ingresarán, no en el lado tramposo de este trabajo, sino en esa otra dimensión que es el encumbramiento de una pasión. Cuando se está ahí, cuando uno está en ese sitio, sabe, está seguro, que puede escenificar sin problemas a 'El rey Lear', y que es capaz de llevar al rey de los ojos de los espectadores a la vida misma."

Incluso a Thelma. A ella sí le llenaba el seguir reproduciendo lo que veía a diario en su hogar. Bastaba verle los ojillos brillantes a cada frase de Osvaldo para saber que estaba poseída por las tinieblas de la actuación, que ella también creía en las hazañas de su abuela, en los tiempos de las carpas, las típles y las exóticas. Era absurdo estar escuchando en el teatro vacío lo que de una u otra forma siempre oía en las comidas y en las fiestas en casa. Si es que a eso se le podía llamar casa.

"Shakespeare nunca se ha llamado certeza. Lo adorablemente perfecto y estable tiene otro nombre. Y quien siga aquello —sin duda— será hermosamente feliz. Tendrán entonces una pareja dichosa en casa, esperándolos dispuesta después de las seis con las pantuflas en la mano y el café servido. Su cama se sembrará de certezas y su oficina de vidrios. Los otros, la raza de Hamlet, no encuentra paz, sólo locura y un talento cuestionable. Pero tendrán, rabiosamente, su terquedad, y la terquedad, en este trabajo, se llama pasión."

Cerró los ojos. Estaba harta. De El rey Lear y de Doña Abuela, de su ridícula madre, con sus estúpidos amantes y sus frívolos chismes de revista. Estaba harta de todos. Pero, sobre todo, estaba harta de sus trucos del buen vivir, sus fórmulas mágicas para alcanzar el éxito.

"Sólo cuando les sea ofrecido el papel de El rey Lear, sólo entonces podrán detenerse a mirar lo que han hecho."

Jovanna entornó los ojos. Exhaló con fuerza. Osvaldo detuvo un instante el discurso, miró a la joven y justo cuando iba a decir algo, cuando iba a poner el ejemplo fútil de su abuela y su madre, la joven se levantó hecha un tigre.

"Hasta que llegue ese papel, el tiempo habrá hecho su trabajo. Mientras, hagan ustedes el suyo..."

No pudo escuchar más, lo que venía enseguida era el nombre de su abuela, el recuerdo de su madre y el ejemplo a seguir. Miró a Thelma. Durante años había aprendido a reconocer esa mirada como una orden tácita, como un cálmate, mujer, si tu madre te puede apoyar, por qué no lo aceptas.

"Recuerden a los grandes actores y actrices de nuestro tiempo…"

Intuyó las letras del apellido de su estirpe, escuchó pronunciar el nombre de pila de su abuela, vio girar el rostro de sus compañeros hacia ella y cerró los ojos. Lo propio hubiera sido correr por su bolsa y zapatos; bajar corriendo del escenario y abandonar el teatro, en medio de burlas, comentarios irónicos y gritos delirantes. Salir a la calle vociferando que estaba allí por ella misma y por nadie más... En cambio, se quitó el blusón, se arrancó las mallas y apenas cubierta con una pantaletita de holanes y un brasier níveo, elevó la voz, levantó las manos y profirió el último discurso de El rey Lear.

Sus compañeros permanecieron callados. Pensaban, claro, así cualquiera puede. Pero mientras miraban a El rey con su monólogo y a Jovanna que se esforzaba de veras por tratar de demostrar una cualidad innata, Osvaldo se limitó a recordar el comentario caústico de la madre:

"¡Hay te la encargo, Osva. A ver que se puede hacer por ella!"

Este libro, el primero del autor que se publica
en Felou, forma parte de la colección de narra-
tiva Letras Abiertas. Se terminó de imprimir en
mayo del 2008 en México. La tipografía se rea-
lizó en tipos Garamond de 12 puntos. Diseño
editorial por Jorge Romero. Coordinación editorial, Sara Rubio. Corrección del texto, Susana
Corcuera